W.i.t.c.h.

Will Irma Taranee Cornelia Hay Lin

L'autre vérité

DISNEY

W.I.T.C.H.

Will Irma Taranee Cornelia Hay Lin

L'autre vérité

Adaptation : Elisabeth Lenhard

HACHETTE

Série créée par Elisabetta Gnone.
Sujet : Elisabetta Gnone.
Script : Elisabetta Gnone et Francesco Artibani.

A collaboré à cet ouvrage : Agnès Piganiol pour la traduction française.

"C'EST L'HEURE DE VÉRITÉ, WILL !"
E. Knickerbocker
PRINCIPALE
"CE N'EST PAS LA PREMIÈRE FOIS QUE TU T'ENDORS EN CLASSE, AU MILIEU D'UN COURS !"
"LA PRINCIPALE ATTEND UNE EXPLICATION, MAIS TU NE PARVIENS PAS À OUVRIR LA BOUCHE !"
"ENDOSSE TES AILES, POUR UNE FOIS ! SERS-T'EN POUR T'ENVOLER LOIN D'ICI ! FUIS LA GÊNE ET LA HONTE !"
"TU VOIS ? TE VOILÀ PLUS LÉGÈRE QUE L'AIR. VOIS COMME CE BUREAU DEVIENT GRAND ! IMMENSE !"

"CALME-TOI ! SI TU TE DÉBATS, CE SERA PIRE ! ATTENDS-MOI..."
"... JE VIENS À TON SECOURS !"
"MAIS QUE T'ARRIVE-T-IL, WILL ? SERAIS-TU COINCÉE ?"
WILL VANDOM ! POURRAIS-TU REDESCENDRE SUR TERRE ?
REDESCENDRE D'OÙ ?
DE TES NUAGES ! OÙ AS-TU LA TÊTE, WILL ? ON DIRAIT QUE TU DORS DEBOUT !

TOUS TES ENSEIGNANTS L'ONT REMARQUÉ : TU ES DISTRAITE, WILL ! ABSENTE !
EXCUSEZ-MOI, MADAME ! J'AI UN PEU DE *SOMMEIL EN RETARD* !
NE REGARDERAIS-TU PAS LA TÉLÉVISION TROP TARD LE SOIR ?
OH NON ! ABSOLUMENT PAS !
AS-TU DES PROBLÈMES PERSONNELS QUI T'EMPÊCHENT DE DORMIR ? PASSES-TU DES HEURES AU TÉLÉPHONE AVEC TES AMIES ?
OH, NON ! RIEN À VOIR AVEC MES AMIES !
EN ES-TU VRAIMENT *CERTAINE* ?
?
J'AURAIS PENSÉ LE CONTRAIRE EN VOYANT LEUR *TÊTE* !
SALUT !
AÂÂÂH !
AH ?

PEU APRÈS, DANS LE FARC DE L'INSTITUT SHEFFIELD...
INCROYABLE ! ON S'EST TOUTES RETROUVÉES CHEZ LA PRINCIPALE, À CAUSE DE...
CHAQUE FOIS QUE JE FERME LES YEUX, JE VOIS SA SALE TÊTE !
MOI AUSSI ! À CAUSE DE ÇA, J'AI MÊME PEUR DE M'ENDORMIR !
NÉRISSA ! IL N'Y A AUCUN DOUTE, LÀ-DESSUS !
À PROPOS ! QUE T'A DIT MADAME KNICKERBOCKER ?
EH BIEN, ELLE...
ÉCOUTEZ LE RÊVE QUE J'AI FAIT, LORS D'UNE PETITE SIESTE EN CLASSE !
"J'ÉTAIS ENCHAÎNÉE À MA CHAISE, À LA MERCI DE NÉRISSA !"
ET APRÈS ?
ELLE M'A INTERROGÉE DANS TOUTES LES MATIÈRES ! C'ÉTAIT HUMILIANT !
APPAREMMENT, HAY LIN EST IMMUNISÉE CONTRE LES CAUCHEMARS !

ELLE EST TOUTE GAIE ! ET CETTE NUIT, ELLE A TRÈS BIEN DORMI ! PAS VRAI, L'AMOUREUSE ?
SI ! ET QUAND J'ÉCOUTE VOS RÉCITS, JE ME DIS QUE J'AI DE LA CHANCE !
EN REVANCHE, J'AI UN AIR QUI ME TROTTE DANS LA TÊTE DEPUIS CE MATIN !
ÉCOUTEZ-LA ! ON DEVIENT INSOMNIAQUES ET, ELLE, ELLE SIFFLOTE !
TU AS MAUVAISE MINE, WILL !
WILL ? TU NE RÉAGIS MÊME PAS ! C'EST INHABITUEL !
C'EST NÉRISSA, HAY LIN ! ELLE NOUS ÉPUISE ! IL FAUT ARRÊTER ÇA !
J'AI QUELQUE CHOSE À VOUS PROPOSER !
UNE BALADE SUR LE MONT THANOS, HISTOIRE D'ALLER RÉGLER NOS COMPTES AVEC CETTE PUNAISE !

TU TE SENS CAPABLE D'AFFRONTER NÉRISSA DANS SA TANIÈRE ?
OUI ! SI NOUS Y ALLONS TOUTES, NOUS AURONS LE DESSUS !
CROIS-TU QUE L'*ORACLE* SERAIT D'ACCORD ?
RAPPELLE-TOI LA MANIÈRE DONT IL NOUS A TRAITÉES, L'AUTRE FOIS ?
*"POUR ÉVITER QU'ON SE BATTE AVEC NÉRISSA, IL L'A EFFACÉE DE NOS MÉMOIRES !"**
*VOIR WITCH 92
ELLE E
CALEB
BIEN QUE JE L'AIME, JE L'AI OUBLIÉ !
C'EST KANDRAKAR QUI T'AVAIT ENSORCELÉE ! TU N'Y ÉTAIS POUR RIEN !
OUI, MAIS JE ME DEMANDE...
... SI LA *MAGIE* EST PLUS FORTE QU
L'AMOUR ?

1

Cornelia se frotta le crâne. Le manque de sommeil ajouté aux soucis qu'elle se faisait pour Caleb lui avait donné mal à la tête. Et les discussions de ses amies n'arrangeaient rien.

Les cinq Gardiennes subissaient les assauts de Nerissa depuis trop longtemps. L'horrible femme ne cessait d'envahir leurs rêves et de les transformer en cauchemars. Il fallait à tout prix réagir. Oui, mais comment ? Elles s'étaient retrouvées après les cours pour en parler, et personne ne semblait d'accord sur la stratégie à adopter.

Assise sous les chênes de l'Institut Sheffield, les jambes croisées sous sa longue jupe fuchsia, Cornelia regardait tournoyer doucement les feuilles qui tombaient sur le gazon.

Lorsqu'elle était petite, elle les comparait à des cerfs-volants colorés. Elle s'amusait à les attraper au vol et collait les plus belles dans un album. Maintenant, ces feuilles d'automne ne représentaient plus que la fin de l'été. De la chaleur, aussi...

Elle frissonna et se frictionna les bras pour se réchauffer. Une feuille dorée atterrit sur sa tête. Elle la balaya d'un revers de main.

« Bon, revenons au présent, se dit-elle. Je dois penser à Nerissa, pour le moment. »

Depuis que cette créature était sortie de son tombeau, elle était devenue extrêmement puissante et dangereuse et les Gardiennes devaient se montrer plus vigilantes que jamais.

« Il nous faut un vrai plan d'attaque, une

stratégie intelligente. Si seulement on connaissait son point faible, on pourrait s'en servir. »

Restait à savoir comment le trouver... Irma proposait une expédition au Mont Thanos. Pour Cornelia, c'était de la folie, et pour les autres aussi apparemment.

Elle soupira. « Décidément, Irma ne changera jamais ! Elle ferait bien de réfléchir un peu avant de parler, au lieu de dire tout ce qui lui passe par la tête. » Hay Lin ne cachait pas son inquiétude.

— Je ne pense pas que l'Oracle sera d'accord.

Les Gardiennes respectaient profondément cet être immortel qui les avait choisies pour l'aider à lutter contre le mal. Mais après les tours qu'il leur avait joués récemment, certaines se demandaient si on devait encore se fier à lui.

— L'Oracle ? s'indigna Irma. Rappelle-toi la manière dont il nous a traitées, l'autre fois. Pour éviter qu'on se batte avec Nerissa, il l'a effacée de nos mémoires.

— Oui, comme il en a éliminé Caleb ! renchérit Cornelia. Ce garçon que j'aime tant et que, pourtant, j'avais oublié, ajouta-t-elle d'une voix émue.

— C'est l'Oracle qui t'avait ensorcelée, lui rappela Hay Lin. Tu n'y pouvais rien !

Cornelia secoua la tête. Elle avait du mal à croire que l'Oracle ait pu effacer ainsi ses plus précieux souvenirs.

— Tu as peut-être raison. Mais alors, la magie serait donc plus puissante que l'amour...

« À moins que mon amour ne soit pas assez fort », songea-t-elle en soupirant.

Aujourd'hui, la vie de son ami ne tenait qu'à un fil. Tout ça à cause de Nerissa. Et aussi de l'Oracle.

Quand Caleb était prisonnier de Nerissa, Cornelia et ses amies étaient prêtes à tout pour le sauver et l'Oracle le savait. Pour les empêcher d'aller affronter Nerissa dans son repaire du Mont Thanos – là où elle était la plus puissante et où les Gardiennes couraient les plus grands risques – il avait fait disparaître certains de leurs souvenirs.

Cornelia ne comprenait toujours pas pourquoi il avait agi ainsi. N'était-il pas censé les protéger ? N'incarnait-il pas le bien ? Comment avait-il pu se monter si cruel ?

Lorsque Cornelia et ses amies avaient retrouvé leur mémoire et volé au secours de Caleb, le garçon était presque mort – une poupée de chiffon gelée dans les glaces du Mont Thanos. Elles l'avaient conduit à Kandrakar, le seul endroit où on pouvait le ranimer, et c'était là qu'il résidait à présent.

Tout en s'interrogeant sur les choix du grand sage, Cornelia savait qu'elle devait lui faire confiance. Lui seul pouvait sauver Caleb.

— En tout cas, on n'a pas le droit de juger les décisions de l'Oracle, déclara Hay Lin.

— Qui a dit ça ? protesta Irma. Où l'as-tu lu ?

Hay Lin jeta à Irma un regard réprobateur mais, avant qu'elle ait pu répondre, Taranee se leva d'un bond et cria :

— Du calme !

Les autres se turent aussitôt, surprises de cette réaction. D'habitude, Taranee était plutôt tranquille et réservée. Mais, à présent, derrière ses grosses lunettes, ses yeux bruns jetaient des éclairs.

— Pour l'instant, le problème n'est plus l'Oracle, poursuivit-elle. C'est cette femme ! Vous ne voyez donc pas sa tactique ? lança-t-elle en agitant le poing. Elle insinue le doute en nous pour nous affaiblir et nous faire craquer !

« Serait-ce à cause de Nerissa que cette

perte de mémoire m'affecte tant ? se demanda alors Cornelia. Son influence aggrave-t-elle mes doutes ?... C'est bien possible. »

— Taranee, dit-elle, je crois que tu as raison.

Will intervint à son tour.

— Elle explore nos rêves et s'introduit dans nos pensées, mais elle ne veut qu'une chose...

Will observa un moment sa main et, soudain, apparut dans sa paume l'objet que convoitait Nerissa : le Cœur de Kandrakar, la source du pouvoir des Gardiennes ! Alors, Will se mit debout et s'écria d'une voix vibrante de colère :

— Qu'elle vienne chercher le Cœur ! Je l'attends !

Ses amies la regardèrent avec stupéfaction. Elles n'en revenaient pas de la voir aussi décidée. On l'avait à peine entendue de toute la journée et, depuis le début de leur discussion, elle avait gardé un air absent, comme si son esprit était ailleurs.

Pendant un moment, l'énergie de Will fut captée par le Cœur, et le pur cristal matérialisa sa colère sous la forme d'une lumière étincelante.

Cornelia leva le bras pour se protéger les yeux. Une fois de plus, elle était étonnée par l'ampleur des changements qu'elle constatait chez son amie. Elle se rappelait encore la petite nouvelle de Sheffield avec ses cheveux roux et son côté garçon manqué. Jamais elle n'aurait pensé que cette fillette timorée puisse un jour prendre le commandement des W.I.T.C.H. D'ailleurs, Will elle-même, au début, ne s'en croyait pas capable.

Au collège, Cornelia avait toujours été la plus populaire. Entourée d'une cour d'admirateurs et habituée à diriger, elle n'avait pas apprécié de se voir supplantée par Will à la tête de leur groupe et avait même été un peu jalouse.

Mais ses sentiments pour Will avaient rapidement changé. Dans son rôle de chef des

Gardiennes, la petite rouquine s'était révélée courageuse, astucieuse et sûre d'elle.

« Je sens la force qui émane de Will, se disait-elle. Actuellement, je ne pourrai pas trouver en moi une telle force. Je me fais trop de souci pour Caleb. »

Depuis que Nerissa était décidée à détruire les Gardiennes et à voler le Cœur, Will était encore plus sous pression. Sa position de chef n'avait jamais été plus difficile, et Cornelia ne l'enviait pas.

Vers la fin de l'après-midi, les Gardiennes décidèrent qu'il était temps de rentrer et interrompirent leur réunion. Au moment où Cornelia franchissait le portail de l'Institut Sheffield, une nouvelle feuille d'automne vint se poser sur ses cheveux. Cette fois, elle la prit et la fit tourner entre ses doigts pour en admirer les couleurs – un mélange de rouge, de jaune et d'orange avec quelques traces de vert.

« C'est extraordinaire qu'un simple bourgeon puisse donner une aussi belle feuille en l'espace de quelques mois, se dit-elle. Celle-ci est magnifique, ça vaut peut-être la peine de la garder. »

Elle mit la feuille dans sa poche et poursuivit son chemin.

2

L'Oracle, calme et serein, était agenouillé sur une plate-forme flottante aux reflets dorés. Devant lui lévitait un imposant bloc de cristal taillé dont l'une des facettes lui renvoyait l'image des Gardiennes à Heatherfield.

À ses côtés se tenait Tibor, son fidèle

conseiller. Le vieillard au visage parcheminé, vêtu de son ample tunique, caressait sa longue barbe blanche. Sa chevelure descendait encore plus bas que sa barbe, et ses épais sourcils étaient aussi blancs que les nuages autour du Temple de Kandrakar.

— Intéressant, dit l'Oracle en observant les Gardiennes. Ces jeunes filles ne voient qu'un aspect de leur amie Will, mais il y en a d'autres à prendre en compte... comme ce bloc de cristal qui m'aide à méditer : il comporte de nombreuses facettes. Si l'on n'en regarde qu'une, on ne voit jamais la pierre en entier. La vérité aussi a plusieurs facettes.

— Vous parlez de la Gardienne du Cœur ? demanda Tibor. Pensez-vous que les autres ne la comprennent pas ?

— Les Gardiennes n'ont vu dans son attitude que du défi et de la colère. Elles ont cru qu'elle réagissait à la menace de Nerissa. En cela, elles n'avaient pas tort. Cependant, une autre chose la préoccupe et peut expliquer son emportement.

Tibor hocha la tête, puis leva les yeux et fit remarquer à l'Oracle l'expression triste du visage de la Gardienne rousse.

L'Oracle soupira.

— C'est le poids du Cœur de Kandrakar, Tibor.

Le conflit intérieur dont souffrait Will n'avait rien de nouveau pour l'Oracle. Il connaissait les êtres. Il avait souvent été témoin de leurs luttes intérieures et savait que la moindre perturbation pouvait changer le destin d'un individu en bien ou en mal. C'était arrivé à Nerissa et cela pouvait arriver à n'importe qui. Y compris à Will.

— Les Gardiennes sont en danger, remarqua Tibor. Que se passera-t-il ensuite ?

— Je ne peux pas te répondre ! répondit l'Oracle avec une sécheresse de ton inhabituelle.

Tibor haussa les sourcils. L'Oracle s'aperçut aussitôt qu'il avait inquiété son conseiller. Il ferma les yeux et essaya de retrouver son calme.

— Je ne suis pas infaillible, rappela-t-il à Tibor. Nerissa en est la preuve vivante.

Sa voix était beaucoup plus calme, mais un pli marquait encore son front. Il avait été si satisfait de son choix lorsque, à la génération précédente – celle de Yan Lin –, il avait nommé Nerissa Gardienne du Cœur.

À l'époque, l'Oracle n'avait vu en elle que

des qualités : la force, le courage et la lumière. Elle était comme la surface tranquille d'un étang et rien ne laissait prévoir qu'un jour son âme serait secouée par de violents orages. Personne, alors, n'aurait imaginé les terribles choix qu'elle ferait plus tard. Pas même l'Oracle.

Il ne pouvait rien contre la volonté de Nerissa. Le bien et le mal étaient présents dans tous les êtres, magiques ou ordinaires, mortels ou immortels et chacun était responsable de ses propres choix.

L'Oracle concentra son attention sur les images que lui renvoyait le cristal et sur les pensées des Gardiennes.

— Mais Will n'est pas la seule à souffrir, indiqua-t-il à Tibor. Cornelia aussi souffre car elle doute de son amour pour Caleb.

— Regardez ce que nous envoie son esprit, répondit Tibor.

Le sentiment de Cornelia était monté jusqu'à Kandrakar sous la forme d'une plume blanche. L'Oracle tendit la main et l'attrapa.

— Une pensée de douceur pour Caleb, dit-il à Tibor, le cœur soudain plus léger. Allons la lui porter. Cela lui fera du bien.

Tibor approuva d'un signe de tête et suivit

l'Oracle à travers le Temple. Rien n'égalait la beauté de ses hautes pièces aux murs de cristal irisé et au sol incrusté de pierreries.

L'air délicatement parfumé et d'une rare pureté faisait briller le cristal sculpté d'un éclat trop vif pour l'œil humain. Par les immenses fenêtres, on ne voyait ni montagnes, ni arbres, ni routes, ni maisons... seulement des nuages à l'infini sur fond de ciel bleu.

L'Oracle et Tibor se dirigèrent vers le lieu

de repos où était soigné Caleb depuis que les Gardiennes l'avaient arraché aux griffes de Nerissa.

— Malheureusement, sa jeune vie s'affaiblit à chaque instant, dit l'Oracle en marchant.

Tibor hocha la tête tristement.

— Je le vois et le sens aussi, Oracle... Mais je me demande souvent comment tout ceci a commencé.

L'Oracle retint un geste d'humeur.

— Le Substituant est à l'origine de tout.

— Oui, convint Tibor.

— Il a absorbé une copie des pouvoirs de quatre Gardiennes, puis Cornelia a absorbé l'énergie du Substituant. Elle l'a transmise ensuite à Caleb et lui a rendu la vie, mais Nerissa a repris à Caleb toutes ses forces ainsi que le double du cinquième pouvoir.

— Nerissa possède donc une copie de tous les pouvoirs ? dit Tibor, à qui cette pensée donnait des frissons.

L'Oracle hocha la tête.

— Oui. Et elle a arraché à Caleb son étincelle vitale.

L'Oracle et Tibor étaient arrivés à une grande arche qui donnait accès à une vaste pièce. Devant eux crépitait un tourbillon d'énergies.

— Nous voici parvenus à la porte du Cosmos des Oubliés, annonça-t-il à Tibor.

L'Oracle plongea son regard dans le tourbillon lumineux. Des rayons en jaillissaient et inondaient la pièce d'une lumière bleu argenté. Caleb se trouvait là, quelque part. L'Oracle sentait la présence de son corps affaibli et de son esprit à demi conscient.

Il se tourna vers Tibor.

— Je sens que tu as d'autres questions à poser, dit-il.

Tibor se frotta la barbe. Il avait manifestement du mal à percevoir la présence de Caleb.

— Le fait est que j'aimerais obtenir des réponses, Oracle.

L'Oracle soupira.

— Crois-moi quand je te dis que j'ignore moi-même ce qu'il y a au-delà de ce seuil. Le Cosmos est un lieu de guérison situé entre le seuil de l'existence et sa fin.

Tibor gardait le silence. L'Oracle devinait l'inquiétude de son conseiller. Cet endroit, aucun être ne souhaitait s'y trouver. Dans le Cosmos, Caleb n'avait plus de mémoire, plus d'identité, il ne ressentait ni douleur ni plaisir.

L'Oracle savait que la Gardienne blonde lui en voulait à cause de cela. Il l'avait entendue le traiter de cruel et de sans-cœur pour avoir effacé Caleb de sa mémoire. Elle lui reprochait de n'avoir pas protégé la vie du garçon.

Il soupira. La vision de Cornelia était trop étroite, selon lui. Les humains commettaient souvent cette erreur. Ils observaient les choses de trop près et n'en voyaient qu'un seul aspect. Cornelia ne prenait pas assez de recul pour voir toute la vérité.

L'Oracle avait toujours eu le souci de protéger les Gardiennes contre elles-mêmes, et de protéger Caleb. S'il leur avait permis d'aller secourir le jeune homme immédiatement, Nerissa les aurait détruites en même temps que Caleb.

Sans son intervention, tous auraient été perdus. Mais l'état actuel de Caleb était bien triste à voir.

— J'espère que tu ne te trouveras jamais ici, Tibor, comme notre jeune Héraut.

L'Oracle ouvrit alors sa main et lâcha la plume blanche qui flotta un moment dans l'air avant de s'enfoncer dans le tourbillon cosmique.

— Cette plume modifiera légèrement le

paysage du Cosmos qui entoure Caleb et lui fera revivre certains événements de son passé. Elle creusera dans les ruines de sa mémoire et lui permettra de retrouver de petits éclats de vie... minuscules, mais indispensables...

L'Oracle ferma les yeux. Il suivit mentalement la plume qui voleta en tourbillonnant jusqu'au front de Caleb.

Aussitôt, les yeux bleus du garçon s'ouvrirent.

— Où suis-je ? dit-il d'une voix rauque.

La pureté délicate des souvenirs de Cornelia toucha son esprit et réveilla son passé. Caleb vit des bâtiments de pierre et des rues étroites, des créatures de différentes teintes et de différentes tailles.

— Quel est cet endroit ? murmura-t-il.

Et, tout à coup, ii se souvint.

— Mais bien sûr, c'est Meridian, ma ville ! Comment ai-je pu ne pas la reconnaître ?

L'Oracle observait Caleb pendant qu'il retrouvait ses souvenirs, parmi lesquels une scène d'enfants jouant dans la rue.

— Oui, murmura Caleb, c'est ma ville avec ses couleurs, ses odeurs, ses sons... mais aussi ses souffrances...

Le ciel s'assombrit d'un coup. Caleb aperçut

les affreux soldats de Phobos qui emmenaient des prisonniers, allumaient des incendies et terrorisaient les innocents.

— Je vois, maintenant, murmura-t-il. Je me souviens... L'orgueil d'un peuple blessé et humilié par un tyran, ses rêves d'une vie meilleure, ses espoirs de voir revenir Elyon, la lumière de Meridian.

L'Oracle s'aperçut que Caleb se rappelait tout : comment il avait été transformé en Murmurant, comment il avait joué le rôle d'espion pour Phobos, et aussi la culpabilité et la colère qu'il avait ressenties en découvrant les conséquences de cette collaboration. Des familles entières avaient été jetées au cachot, des innocents affamés et brutalisés. Caleb se souvint du moment où il était devenu un rebelle.

Il se rappelait le chemin qu'il avait choisi, comment il avait pris la décision de changer son destin, de combattre Phobos... et il se souvenait d'Elyon, l'héritière légitime de Meridian... la fille aux cheveux d'or qu'il avait aidée à monter sur le trône...

Devant le Cosmos des Oubliés, l'Oracle hocha la tête. Il était content des progrès de Caleb. Les doux souvenirs de Cornelia avaient redonné vie au jeune homme et amorcé sa guérison...

Debout près de l'Oracle, Tibor reprit la parole.

— Je sens quelque chose, Oracle, dit-il d'une voix pleine d'espoir. Quelque chose qui s'éveille. Mais quoi ?

— De minuscules et indispensables parcelles de vie, Tibor. Caleb est en train de retrouver son identité, murmura l'Oracle en souriant.

3

— Tu veux vraiment savoir ce qui me tracasse ? demanda Will, assise sur le lit.

Hay Lin pivota sur sa chaise de bureau et la regarda, l'air de dire : *Tu te moques de moi ou quoi ?*

Will changea de position et se mordit la

lèvre d'un air embarrassé. Elle savait que son amie s'inquiétait à cause de Nerissa. « Hay Lin veut sans doute s'assurer que je supporte la pression, se dit-elle. C'est pour ça qu'elle m'a invitée. »

En arrivant au *Dragon d'Argent*, Hay Lin avait insisté pour lui offrir une infusion et des biscuits aux amandes. Will avait l'impression de revenir à l'époque où la grand-mère de Hay Lin était assise à côté d'elles. Mais la vieille femme était morte et résidait maintenant à Kandrakar avec l'Oracle. Et à Heatherfield, les Gardiennes ne pouvaient plus se confier que les unes aux autres.

Après l'infusion, les filles étaient montées dans la chambre de Hay Lin. À présent, Will voulait lui faire comprendre ce qui l'inquiétait vraiment concernant Nerissa.

— Ce qui me tracasse, confia-t-elle à son amie, c'est le fait qu'autrefois Nerissa détenait le Cœur de Kandrakar.

Hay Lin rejeta une de ses longues couettes derrière son épaule, retira les lunettes vert et jaune qu'elle portait en serre-tête et les posa à côté de son ordinateur.

— Will, euh... comment te dire ça ?

— Non, non, non. Tu ne comprends toujours pas, dit Will en secouant la tête.

— Qu'y a-t-il à comprendre ? Quand ma grand-mère était Gardienne, Nerissa était la Gardienne du Cœur. Maintenant, Nerissa veut le reprendre et nous détruire. On connaît l'histoire.

Will se rongeait les ongles. Ce que disait Hay Lin était vrai. Les Gardiennes étaient allées à Kandrakar pour obtenir des réponses et sa grand-mère leur en avait données... d'une façon très bizarre d'ailleurs.

Elle les avait emmenées dans sa « crypte de souvenirs », une grande pièce voûtée où étaient entreposés les souvenirs de Yan Lin, dans des récipients dorés.

Le souvenir de Nerissa venait de l'un de ces bocaux. Un bocal terni que Yan Lin avait enterré sous d'autres pots et n'avait jamais ouvert. Mais quand les Gardiennes étaient venues l'interroger, elle avait bien voulu le ressortir.

En l'ouvrant elle avait frémi. Pour elle, il s'agissait des pires souvenirs de sa vie, et des heures les plus sombres de Kandrakar. Nerissa avait été une des meilleures amies de Yan Lin et une Gardienne comme elle. Mais un jour, elle s'était retournée contre les autres Gardiennes. Will entendait encore la voix de la vieille dame trembler en racontant l'histoire de Nerissa.

— Elle était enivrée par l'immense pouvoir du Cœur et le voulait pour elle seule ! avait expliqué Yan Lin.

Nerissa avait trahi ses amies et défié l'Oracle. Et quelle avait été la raison de sa chute ? *Son obsession du Cœur*. C'était ça le plus inquiétant pour Will.

— Hay Lin, écoute-moi. Si Nerissa avait été choisie pour être Gardienne, c'est qu'au départ elle était bonne... et qu'elle a changé ensuite !

— Oui, et alors ? Tu n'as rien à voir avec elle !

Will fronça les sourcils. Bien sûr, *actuellement,* elle ne ressemblait en rien à Nerissa. Mais qu'est-ce que ça prouvait ?

— Ne me dis pas que tu as peur de devenir comme elle. C'est idiot !

Will ne partageait pas cet avis. Elle se dirigea lentement vers la fenêtre et son regard se posa sur les tours d'acier et de verre d'Heatherfield, puis sur la rue. Les trottoirs étaient moins encombrés à cette heure et la circulation réduite.

Tandis que s'allumaient les réverbères, elle soupira. Tous ces événements tombaient juste au moment où les autres domaines de sa vie prenaient meilleure tournure : elle avait fini par trouver un terrain d'entente avec sa mère ; en classe, son travail marchait bien ; Matt et elle commençaient à se comprendre ; et elle sentait enfin qu'elle s'était montrée digne de son rôle de chef des Gardiennes.

Mais les cauchemars de Nerissa et sa sombre influence avaient déjà des effets néfastes : non seulement elle s'endormait en classe, mais elle redevenait nerveuse avec sa mère et elle mettait en danger sa relation avec Matt.

Et surtout, elle était obsédée par ce qui avait changé Nerissa. Était-ce le pouvoir du Cœur lui-même ? Était-ce la pression d'une telle responsabilité qui lui avait fait perdre la tête ?

Dans la vitre qui s'assombrissait, Will aperçut son reflet. Avec ses yeux rougis par le manque de sommeil, son teint blafard et ses cheveux qui ressemblaient à une masse de serpents rouges entremêlés, elle avait une tête à faire peur.

« Quelle horreur ! se dit-elle. Si Matt me voyait, il ne m'inviterait plus jamais à sortir. »

Elle se tourna vers Hay Lin.

— Et si posséder cet objet était comme une malédiction ?

— Je crois surtout que tu as besoin de dormir, Will.

Will ne put s'empêcher de sourire. « C'est drôle de voir Hay Lin jouer le rôle de conseillère, pensait-elle. Elle a dû hériter de la sagesse de sa grand-mère. »

— Toi qui poses tant de questions, poursuivit Hay Lin, attends-tu vraiment des réponses ?

« Des réponses ? se demanda Will. De quoi parle-t-elle ? »

Hay Lin se tourna vers son bureau, ouvrit une boîte à chaussures et en sortit une enveloppe.

— Qu'est-ce que c'est ? demanda Will, un peu inquiète.

Son amie avait-elle réussi à trouver les réponses qu'elle cherchait ?

— Une lettre, dit Hay Lin.

Elle ouvrit l'enveloppe et en retira une feuille pliée qu'elle tendit à Will.

— C'est pour ça que je t'ai fait venir.

Will prit la feuille. Le papier était jauni et fragile. Elle le déplia avec précaution.

— Elle appartenait à ma grand-mère, dit Hay Lin. Je l'ai trouvée dans ses affaires.

— Qu'est-ce qu'elle dit ? demanda Will, essayant de parcourir la petite écriture fine.

— Ce n'est pas tant ce qu'elle dit qui est important mais surtout la signature. Regarde l'initiale.

— Un K ? murmura Will.

Elle essaya de deviner de qui il s'agissait. Elle fit défiler dans sa tête tous les noms des Gardiennes avec qui Yan Lin avait servi : Nerissa... Cassidy, Halinor, et...

— *Kadma !* s'écria-t-elle. L'ex-Gardienne !

Hay Lin hocha la tête.

— Il ne peut s'agir que d'elle. D'après mes souvenirs, ma grand-mère ne connaissait personne d'autre avec cette initiale.

— Bon, alors, où est Kadma, maintenant ?

Hay Lin se tapota le menton.

— Nous savons ce qui est arrivé à Nerissa, à Cassidy...

Will frissonna. Elle aurait préféré oublier cette partie de l'histoire de Nerissa.

— ... Et aussi, continua Hay Lin, ce qui est arrivé à ma grand-mère.

Will hocha la tête. Yan Lin avait été emmenée à Kandrakar après sa mort et avait eu droit à tous les honneurs.

— S'il y avait eu deux autres Gardiennes avec elle à Kandrakar, elle nous l'aurait dit, ajouta Hay Lin.

— Et nous savons que Kadma et Halinor n'ont pas répondu à l'appel, fit remarquer Will.

— C'est pourquoi je suis convaincue que les deux autres sont ici, sur Terre.

— Je le pense aussi.

— Ce sera facile de remonter jusqu'à la personne qui a envoyé cette lettre, dit Hay Lin en pointant le doigt sur le coin de l'enveloppe. C'est le tampon d'une association basée à...

Will se pencha pour lire l'adresse.

— Fadden Hills ?

Elle n'en revenait pas. Et pourtant c'était bien écrit là, en lettres dorées : FADDEN HILLS.

Will repensa à son ancienne ville, aux gens qu'elle y avait connus, et se demanda si cela avait beaucoup changé en un an. Mais Fadden Hills n'était pas le genre de ville qui changeait beaucoup. C'était bien plus petit qu'Heatherfield et plus au nord, c'est-à-dire beaucoup plus froid. Il n'y avait pas de gratte-ciel, pas de trottoirs encombrés et pour ainsi dire pas d'embouteillages.

« C'est drôle, se dit-elle, tout cela me paraît si loin, à présent ! Comme s'il s'agissait d'une autre vie... Et maintenant Hay Lin m'apprend que Kadma se cache dans ma ville natale. Mais pourquoi ? »

Elle soupira. Cette lettre ne fournissait aucune solution à ses problèmes. Elle suscitait seulement de nouvelles interrogations et les obligeait à se rendre à Fadden Hills.

Quel genre de réponses trouveraient-elles dans sa ville natale ? Le léger malaise qu'elle ressentait au creux de l'estomac ne lui semblait pas de très bon augure.

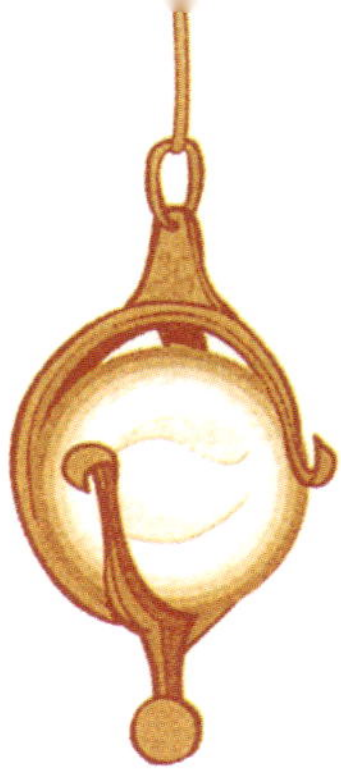

4

Vu de l'extérieur, le Mont Thanos n'était qu'un paysage désertique balayé par des vents glacials. Mais à l'intérieur, la lave bouillonnait.

En Nerissa aussi, le froid et le chaud cohabitaient : après des siècles de captivité au centre de cette montagne volcanique, le feu de la colère brûlait toujours en elle avec la même intensité, et le temps n'avait pas adouci la froideur calculatrice de son âme. Condamnée par l'Oracle et la Congrégation de Kandrakar pour ses crimes, elle ne s'était jamais repentie. Bien au contraire.

Pendant ces longues années, les vagues de la mer glacée avaient rythmé ses incantations de haine et le feu du volcan avait nourri ses désirs de vengeance.

Devant elle, se tenaient maintenant les trois créatures engendrées par ses sombres pouvoirs : Cenere, Tridarco et Shagon, ses serviteurs.

Cenere, femelle ailée à la peau couleur de cendre et aux cheveux de flammes, avait été façonnée à partir de la lave du volcan. La chaleur et le feu étaient ses armes.

Tridarco était son opposé : blanc comme la neige recouvrant les roches gelées du Mont Thanos, le crâne aussi lisse que la glace, et doté d'une armure pure comme le cristal et plus dure que le diamant. Nerissa l'avait sculpté dans les glaciers les plus froids et les plus anciens de la planète.

Malgré le soin avec lequel elle les avait façonnés l'un et l'autre, elle était extrêmement déçue par leurs performances. Ils la harcelaient de questions stupides, et elle trouvait leur compagnie de plus en plus pénible.

Leur dernière question l'avait mise dans une rage folle.

— Vous n'avez pas besoin de savoir ! leur cria-t-elle.

Cenere et Tridarco, tremblant devant leur maîtresse, baissèrent piteusement la tête et reculèrent en jetant derrière eux un coup d'œil inquiet.

« Quels abrutis ! fulminait-elle intérieurement. Ignorent-ils donc qu'ils ne doivent leur existence qu'à ma volonté ? Comment osent-ils me poser des questions ! »

— Mais, Nerissa, intervint Shagon, Cenere et Tridarco t'ont juste demandé...

— Silence !

La voix de Nerissa résonna dans la vaste caverne. Ses yeux bleus devinrent plus froids que le ciel glacé au-dessus de son antre.

— Je sais ce que m'ont demandé mes dévoués petits monstres : pourquoi est-ce que je n'attaque pas les Gardiennes ? Pourquoi je ne reprends pas le Cœur de Kandrakar ? Je ne les ai pas créés pour bavarder mais pour agir ! Un point, c'est tout !

Avec un soupir de dégoût, elle se mit à marcher de long en large, armée de sa longue crosse.

« Je ne peux pas compter sur ces deux imbéciles, songeait-elle. Heureusement qu'il y a Shagon. C'est de loin la plus réussie de mes créatures. » Elle était contente de cet esclave soumis et musclé. Toutefois, elle ne tint aucun compte de sa remarque.

— Toi, Shagon, lui confia-t-elle, tu es différent.

— Je suis votre fidèle serviteur, répondit-il, comme les autres.

Non, pas comme les autres, Nerissa le savait. Elle ne l'avait pas créé à partir d'éléments inanimés, contrairement aux deux autres créatures. Avant sa transformation par la magie, Shagon était un géologue qui étudiait le volcan. Derrière sa crinière blonde et son visage pâle, il y avait le cerveau et la volonté d'un homme de chair et de sang. Et il fallait absolument l'empêcher de penser et d'agir par lui-même.

— Dis-moi, Shagon, est-ce toi qui as soufflé ces questions à tes amis ?

— Et si c'était moi ? demanda Shagon.

Nerissa sourit, amusée par sa marionnette humaine.

— Tu es malin, Shaggy, admit-elle. Je devrais te punir pour ton insolence, mais si je le faisais, ce serait avec de la *haine*.

C'était ainsi qu'elle l'avait créé : en utilisant l'énergie de cette rage qui la consumait depuis des siècles.

— Tu te nourris de ce sentiment délicieux,

n'est-ce pas ? poursuivit-elle. C'est pourquoi tes compagnons se chargeront de la punition.

D'un simple claquement de doigts, elle ordonna à Cenere et Tridarco de torturer Shagon, puis elle sortit par un tunnel.

En entendant les cris de douleur de Shagon, elle marmonna d'un air excédé :

— Comme c'est fatigant de diriger des esclaves !

Tandis qu'elle s'enfonçait dans les entrailles du Mont Thanos, Nerissa repensa à son propre supplice, au long exil auquel l'avait condamnée l'Oracle. Elle méprisait cet être faible, qui n'osait pas se débarrasser de ses ennemis par une fin rapide et violente.

« Même pour moi, se disait-elle. Il n'a pas été capable de prononcer une condamnation à perpétuité ! Quelle bêtise ! Il a sans doute cru que je pourrais changer un jour et me racheter... Eh bien, voilà le résultat : je suis libre et plus que jamais décidée à me venger, à détruire ceux qui m'ont emprisonnée et à reprendre ce qu'ils m'ont volé : le Cœur de Kandrakar. »

Nerissa ferma les yeux. Rien que le souvenir du Cœur lui donnait le vertige. Du temps où elle était Gardienne, il représentait tout pour elle : il avait été une partie de son corps, de son esprit et de son âme. Quand l'Oracle le lui avait retiré, elle avait perdu la tête et tué Cassidy, la Gardienne à qui le Cœur avait été confié.

— J'ai tué déjà une fois pour le reprendre, siffla-t-elle entre ses dents. Et je tuerai encore, s'il le faut.

Elle rouvrit les yeux. Soudain épuisée, elle s'appuya un moment contre le mur à l'entrée du tunnel. Le simple fait de porter les cinq pouvoirs demandait un terrible effort, et sans le Cœur de Kandrakar, la capacité d'action de Nerissa était très limitée.

« Mais avec les cinq pouvoirs et le Cœur, imaginez ce que je pourrais faire ! » Un frisson d'excitation la parcourut.

Personne n'avait osé réunir les cinq pouvoirs et le Cœur en un seul être. C'était non seulement interdit mais *impensable*. En tout cas, Nerissa était sûre d'une chose : celui ou celle qui le ferait disposerait du pouvoir le plus terrifiant de l'univers !

— Je pourrais alors les détruire tous, murmura-t-elle. L'Oracle, les Sages et Kandrakar ! Je dois me débarrasser de ces jeunes Gardiennes ridicules et reprendre le Cœur qui m'appartient de droit !

Malheureusement, Nerissa le savait, c'était plus facile à dire qu'à faire.

— En vérité, murmura-t-elle, je ne peux pas attaquer de front les Gardiennes. Avant de pouvoir agir, je suis obligée de m'introduire dans leurs rêves afin d'user leur résistance et de les affaiblir.

Nerissa sortit du sombre tunnel et entra dans un espace plus réduit et plus confortable que la caverne précédente, avec de belles tentures aux murs, un épais tapis sur le sol, des meubles dorés, et, dans un coin près du lit, une petite gargouille de pierre – une créature orange aux oreilles pointues, avec une longue queue et des ailes de chauve-souris, qui tenait une flûte entre ses griffes.

Nerissa claqua des doigts. Aussitôt la gargouille s'anima et se mit à jouer une étrange petite musique que l'ancienne Gardienne connaissait bien.

— Mais ces voyages dans les cauchemars de ces gamines me fatiguent physiquement, dit-elle en se dirigeant vers son lit recouvert de velours vert.

Cela faisait des semaines maintenant que Nerissa utilisait ses pouvoirs magiques pour surveiller les Gardiennes. Elle les voyait à travers les flammes du volcan et avait réussi, par des sortilèges complexes, à pénétrer dans leurs rêves.

Elle avait commencé par Will. À l'époque, la jeune Gardienne passait ses vacances au bord de la mer avec ses amies. Elle s'était endormie sur la plage au soleil et rêvait qu'elle nageait quand Nerissa s'était introduite dans son rêve et lui avait chuchoté quelques propos troublants.

Un grand poids pèse sur toi... quelque chose qui t'opresse... et je sais ce que c'est... C'est le Cœur de Kandrakar !

Dans son rêve, Will tombait dans l'eau et ne savait plus où elle était ni où elle allait. Prise de panique, elle s'était débattue pour remonter à la surface, mais au moment où elle commençait à remonter, deux mains noueuses avaient attrapé ses jambes et l'avaient tirée vers le fond.

Donne-le-moi, et je te libérerai de ta souffrance ! avait ordonné Nerissa.

Will avait continué à descendre mais refusé de renoncer au Cœur. Dans son sommeil, elle avait violemment protesté et s'était réveillée sur la plage sous les regards inquiets de ses amies.

Depuis, Nerissa avait envahi les rêves de Will à plusieurs reprises et, chaque fois, elle les avait transformés en cauchemars.

Elle l'avait fait tomber de très haut, l'avait terrifiée avec des serpents géants, avait mis le feu à sa maison, l'avait réduite à la taille d'une mouche et forcée à affronter une araignée géante.

Mais Will avait toujours résisté et refusé de donner le Cœur. Quant aux autres Gardiennes, elles s'étaient montrées tout aussi coriaces. Nerissa leur avait rendu visite à chacune, de la même manière qu'à Will, et aucune n'avait songé à se retourner contre leur amie pour l'obliger à rendre le Cœur.

La patience de Nerissa commençait à s'user, mais elle ne se décourageait pas. Pas encore.

Elle s'était juré de poursuivre le combat. Elle viendrait à bout de la résistance des filles en profitant de leurs faiblesses, de leurs doutes et de leurs soucis. Elle augmenterait leurs peurs et leurs soupçons.

« Je ne tarderai pas à obtenir ce que je veux », se disait-elle.

Tandis que la flûte magique égrenait les notes mélodieuses de cet air familier, l'ex-Gardienne se sentit ramenée au temps de sa jeunesse, quand elle était pleine d'énergie, de force et d'assurance.

Avant de s'endormir, bercée par cette douce musique, elle décida de s'introduire encore une fois dans les rêves des Gardiennes pour découvrir leurs projets.

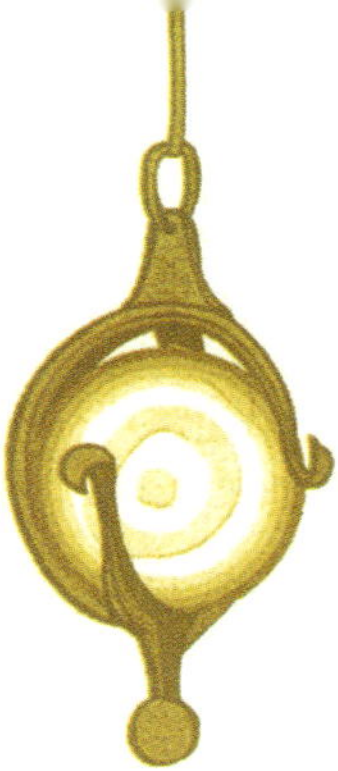

5

Hay Lin, ravie, se laissait porter par les courants d'énergie et tournoyait en riant au gré des rafales supersoniques, quand un air de flûte familier vint percuter ses oreilles. À ce moment précis, son corps heurta de plein fouet quelque chose de dur. *Bam !*

— Hay Lin ! s'écria Will. Hay Lin ! Ça va ? Que t'est-il arrivé ?

Étalée sur le trottoir enneigé, Hay Lin ferma les yeux et porta la main à son front douloureux.

— La... la musique... J'entends à nouveau cette musique !

— Tu as pris un sacré coup, dis donc ! s'exclama Will en l'aidant à se relever.

— Oh, ça me revient, dit Hay Lin en époussetant son blouson. On est à Fadden Hills, n'est-ce pas ?

Le décor autour d'elle avait complètement changé : les murs de sa chambre avaient disparu, de même que les gratte-ciel d'Heatherfield. La température aussi avait changé.

Fadden Hills étant beaucoup plus au nord, les rues étaient déjà recouvertes de la première neige.

Hay Lin et Will étaient arrivées très vite. Après avoir lu la lettre de Kadma, elles avaient enfilé leur blouson et pensé très fort à Fadden Hills.

Aussitôt, Hay Lin avait vu disparaître ses membres, comme lors de sa première télétransportation, puis son corps tout entier était devenu invisible. Happées par un puissant courant d'énergie, les deux amies s'étaient élevées au-dessus des gratte-ciel d'Heatherfield et avaient survolé la campagne en direction de Fadden Hills.

La première fois que Hay Lin avait été télétransportée, elle ne savait pas ce qui lui arrivait ni comment ce voyage allait se terminer, et l'expérience lui avait paru un peu effrayante. Mais, cette fois-ci, sachant exactement ce qui se passait, elle s'était vraiment amusée... Enfin, jusqu'à l'atterrissage. Elle venait de ralentir en vue de l'arrivée quand elle avait entendu cette petite musique.

« C'est bizarre », se dit Hay Lin. Cet air lui trottait dans la tête depuis le matin sans qu'elle sache pourquoi. Elle ne l'avait entendu ni à la radio, ni ailleurs. Elle ne l'avait même jamais entendu de sa vie.

Le plus étrange, c'est que, d'habitude, la musique évoquait toujours quelque chose pour elle : un souvenir ou un sentiment. Mais cette musique-là, rien du tout.

Hay Lin soupira. « Ce n'est sans doute qu'un petit air inoffensif, songea-t-elle, mais il commence à m'énerver ! »

— Comment va ta tête ? demanda Will, inquiète. Te rappelles-tu ce que nous faisions ?

Hay Lin hocha la tête.

— Pour arriver ici nous avons décidé d'utiliser nos pouvoirs. Oui, nous nous sommes télétransportées.

— Le problème est que tu as heurté ce poteau à l'arrivée, dit Will en lui montrant un vieux réverbère. Comment se fait-il que tu ne l'aies pas vu ?

Si Hay Lin avait raconté qu'elle avait été attaquée par un morceau de musique, son amie l'aurait prise pour une cinglée. Le mieux était de lui dire qu'elle n'était pas habituée à la télétransportation et qu'elle avait dû rater l'atterrissage. « Après tout, se dit Hay Lin, il n'est jamais facile pour une Gardienne de maîtriser un nouveau pouvoir. »

— Je ne sais pas exactement ce qui s'est passé, dit-elle. Une chose est sûre, j'ai dû me cogner drôlement fort. J'ai un mal de crâne épouvantable...

— Je suis vraiment désolée, mais il faut se dépêcher, dit Will. L'Oracle ne veut pas qu'on utilise nos pouvoirs pour des raisons personnelles, mais...

— Je sais, c'est une mission importante.

Elles en avaient déjà parlé chez Hay Lin et avaient décidé d'un commun accord qu'elles ne pouvaient pas aller à Fadden Hills par les moyens conventionnels. Un trajet en car aurait pris trop de temps et ni l'une ni l'autre n'auraient pu se payer un billet d'avion.

Will jeta un coup d'œil autour d'elle et secoua la tête.

— J'ai grandi dans cette ville et je ne crois pas aux coïncidences. La lettre de Kadma est partie d'ici. Il faut que je sache pourquoi.

— D'accord, mais pourquoi ne voulais-tu rien dire aux autres ?

Will soupira.

— Je n'avais pas envie d'entendre les conseils de Taranee, les plaisanteries d'Irma et les *commentaires* de Cornelia. J'ai le sentiment qu'il s'agit d'une affaire très personnelle.

Will contemplait les rues et les bâtiments de sa ville natale d'un air absent. Fadden Hills ne ressemblait pas du tout à Heatherfield. C'était une ville beaucoup plus petite avec des réverbères à l'ancienne et des boutiques au charme désuet. On était loin des gratte-ciel, des rues encombrées et des gamins nerveux des grandes villes... Ici, on ne voyait que peu de voitures et quelques piétons. Au milieu de la place, un groupe de filles s'affairaient gaiement autour d'un bonhomme de neige.

Hay Lin et Will marchaient côte à côte. La neige craquait sous leurs pas. Will rabattit sa capuche sur sa tignasse rousse. Les longues couettes de Hay Lin se balançaient dans le vent froid. Elle enfonça ses mains dans les poches de son blouson gris.

« Nous ne sommes pas habillées pour ce temps-là, songeait-elle en frissonnant. Ma jupe et mes guêtres ne sont pas la meilleure tenue. On devrait porter des bottes comme tout le monde. »

Les hommes, les femmes et les enfants qu'elles croisaient étaient tous emmitouflés dans des bonnets, des gants et des écharpes de laine.

Ils étaient sans doute habitués à ces neiges

précoces, comme Will quand elle habitait là. Hay Lin aurait voulu lui demander quel effet cela lui faisait de revenir, mais il valait mieux ne pas lui poser de questions maintenant et se concentrer sur la recherche de Kadma.

Elle regrettait aussi de ne pas pouvoir s'attarder un peu devant les vitrines car les boutiques étaient vraiment ravissantes.

Arrivée au bout de la rue, Will s'arrêta brusquement.

— Qu'est-ce qu'il y a ? demanda Hay Lin.

Will lui signala un magasin de glaces.

— Une glace, avec ce froid ? Tu plaisantes ! Déjà que je me gèle !...

— C'est ici qu'on mange les meilleures glaces au caramel chaud, dit Will, un peu nostalgique.

— Ça te manque ? demanda Hay Lin.

Will haussa les épaules et poursuivit son chemin. Puis, se ravisant, Hay Lin la rattrapa et dit :

— Bon, d'accord, allons-y ! C'est vrai, tu n'es pas venue ici depuis longtemps...

Will ne répondit pas et continua à marcher. Elles tournèrent dans une rue, puis dans une autre et arrivèrent dans un quartier résidentiel avec de larges trottoirs, de grands arbres et de belles maisons en retrait de la rue.

— Coteau des Cyprès, lut Hay Lin sur un panneau. Tu es déjà venue dans le coin ?

— Non. Tout ce que je sais, c'est que nous sommes dans un quartier riche.

La rue était complètement déserte. Pas une voiture à l'horizon, même pas le long des trottoirs, car chaque maison avait son garage pour quatre ou cinq voitures.

Pendant qu'elles marchaient silencieusement, Hay Lin continuait à entendre l'étrange mélodie qui lui avait traversé l'esprit un peu plus tôt.

Tout à coup, Will s'écria :

— Voilà, c'est ici !

Elles s'arrêtèrent devant un magnifique portail en fer forgé encadré de deux piliers en pierre recouverts de vigne vierge. L'un des piliers portait une plaque où étaient gravés les mots FONDATION ASTRE NAISSANT surmontés d'une étoile.

« C'est sûrement ça, se dit Hay Lin. Il y a la même étoile sur l'enveloppe de Kadma. »

Elle poussa le portail.

— Fermé ! annonça-t-elle.

De l'autre côté du portail une longue allée

menait à une grande demeure à colonnade avec un majestueux portique voûté. Tout autour s'étendaient des hectares de terrain.

— On croirait une réserve naturelle, dit Hay Lin.

Will cherchait un moyen d'entrer.

— Alors ? Qu'attends-tu pour sonner ? demanda Hay Lin.

Son amie avait découvert un interphone sur un des piliers, entre les feuilles de vigne, et cherchait désespérément une sonnette.

— Je veux bien, dit Will légèrement énervée. Mais il faudrait d'abord que je trouve la sonnette !

Soudain une voix grinçante crachota dans l'interphone :

— *Crrr... suivez... crrr... Tchipou... le merle... frrr...*

Will se tourna vers Hay Lin.

— Tu as compris ce que disait cette voix ? Qui devons-nous suivre ?

Hay Lin se rongeait nerveusement un ongle.

— Un certain « tchip » ou quelque chose comme ça...

Fiiiii !

Les filles levèrent les yeux et virent un gros merle perché en haut du pilier. Tandis qu'il égrenait quelques trilles, Hay Lin crut reconnaître l'air qu'elle avait dans la tête quelques secondes plus tôt. Mais avant qu'elle ait pu en parler à Will, un déclic se produisit dans la serrure et le portail s'ouvrit.

Le merle chanta à nouveau et descendit de son perchoir. Les filles le regardèrent se poser sur l'allée enneigée et, avec un petit haussement d'épaules, Will le suivit. Hay Lin, amusée bien qu'un peu inquiète, lui emboîta le pas.

« Je suis peut-être trouillarde, mais je me demande bien dans quoi nous nous engageons ! »

6

Le merle s'envola comme une flèche vers la grande maison, puis, changeant de direction, entraîna les deux filles vers le côté du bâtiment.

« Franchement, ce Tchipou me donne la

chair de poule », se dit Will. Elle aussi s'inquiétait.

Alors que l'oiseau entrait par une petite ouverture aménagée dans une haute porte à deux battants, Will s'arrêta pour attendre Hay Lin. Elle poussa l'un des lourds battants avec précaution. Elle n'aurait pas été surprise de trouver une maison hantée après cet accueil bizarre. Mais les deux filles pénétrèrent dans une vaste serre pleine de fleurs, de buissons verts et d'arbres fruitiers exotiques.

— Quel endroit ! s'écria Hay Lin.

— C'est magnifique ! renchérit Will.

Le soleil hivernal qui inondait la pièce à travers les parois de verre donnait à l'ensemble un aspect chaud et lumineux. « Ma parole, on se croirait en été, ici ! se dit Will. Et avec la neige dehors, c'est vraiment magique. »

Tchiiip !

Will leva les yeux et aperçut leur ami à plumes perché sur la branche d'une grande plante. Juste à côté, trois fauteuils en osier encadraient une table basse sur laquelle étaient posés un plateau d'argent, une carafe d'eau et trois verres.

Hay Lin se laissa tomber dans un des fauteuils.

— Un merle comme majordome et une serre géante comme salle d'attente ! Ce n'est pas banal ! dit-elle, émerveillée.

Et elle ferma les yeux pour mieux humer les parfums de lavande, de menthe, d'orange et de pétales de fleur.

Will, un peu nerveuse, préféra rester debout.

Elle tendit le cou pour admirer la haute verrière puis se mit à arpenter la pièce. Ce retour à Fadden Hills avait fait remonter à la surface toutes sortes de souvenirs : des bons et des mauvais. Tant de sentiments différents se mêlaient en elle qu'elle avait du mal à y mettre de l'ordre.

D'un côté, elle était contente de revoir les rues, les vieilles boutiques et d'entendre rire les filles autour de leur bonhomme de neige... Elle s'amusait de la même manière avec ses amies à l'époque où elle vivait ici. Elle se rappelait aussi avec plaisir ses activités avec l'équipe de natation de son école et les matches de basket du vendredi soir. Mais ses meilleurs souvenirs – et les pires – étaient encore ceux de sa vie de famille.

Will pensait ainsi à son passé en observant les fleurs quand elle aperçut soudain, devant un joli arrangement de palmiers en pots, des dizaines de photos d'enfants et d'adolescents. Un panneau suspendu à côté attira son attention.

— Lis ça ! dit-elle à Hay Lin. *La Fondation* Astre naissant *aide les jeunes sans foyer ni famille...*

— Oui, interrompit une voix. La plupart de

ces jeunes ont aujourd'hui un métier et s'intègrent bien dans la société.

Will se retourna et vit une belle femme brune s'approcher à pas feutrés. Elle avait des yeux en amande, des sourcils gris, une longue tresse noire entremêlée de cheveux blancs et une peau encore lisse, avec seulement quelques rides au coin des yeux et de la bouche. Elle portait une ravissante tunique de velours pourpre à longues manches et col montant, et un châle bleu ciel joliment drapé autour de ses bras. À la main, elle tenait un livre relié de cuir.

« Ce doit être Kadma », se dit Will. Elle ne put s'empêcher de comparer l'ex-Gardienne, si élégante et si digne, à son propre reflet aperçu quelques instants plus tôt dans la vitre. La différence était presque comique.

La femme s'arrêta devant Hay Lin et la regarda avec étonnement, comme si elle avait soudain reconnu une amie de longue date.

— Ne serais-tu pas la petite-fille de Yan Lin ? Je la respecte beaucoup. Que Kandrakar la protège !

— Et vous, madame, je suppose que vous êtes Kadma ? dit Hay Lin.

La femme se tourna alors vers Will.

— Voici donc la fameuse Will, ajouta-t-elle d'un ton un peu emprunté, presque méfiant. Elle disait toujours que tu saurais venir jusqu'ici.

— Elle... *qui* ? s'étonna Will. Comment savez-vous qui nous sommes ?

— Je sais bien des choses, dit Kadma.

Elle lui fit signe d'approcher et l'entraîna vers la collection de portraits près du panneau de la Fondation *Astre naissant*. De plus près, les visages semblaient plus âgés. Kadma lui montra un petit groupe.

— Regarde bien ces photos, lui dit-elle. Reconnais-tu quelqu'un ?

Will s'aperçut alors avec stupéfaction que ces visages lui étaient familiers.

— Mais... je ne comprends pas ! s'écria-t-elle.

Hay Lin perçut dans la voix de son amie une certaine inquiétude.

— Qui sont ces gens, Will ? lui demanda-t-elle.

Will pointa le doigt sur une jeune femme aux longs cheveux châtains et aux lunettes cerclées de métal.

— Celle-là, je la reconnais. C'est Mlle Pibbleton, un de mes profs de sixième !

Mlle Pibbleton était plus jeune, alors, et elle avait les cheveux plus courts, mais elle portait exactement les mêmes lunettes.

Will, incrédule, passait d'une photo à l'autre et allait de surprise en surprise.

— Et là... encore un autre prof !... Il y a même mon premier maître nageur ! Et... et...

« Je perds la tête ou quoi ? se dit Will, qui commençait à se ronger nerveusement les ongles. C'est complètement dingue, cette histoire ! »

Pourtant, tout cela était vrai, elle le savait.

— Il y en a beaucoup d'autres, lui apprit Kadma. Tous sont des jeunes que notre association a aidés. Des gens qui suivaient discrètement tes progrès et t'aidaient quand tu en avais besoin.

Will n'était pas vraiment préparée à affronter tous ses vieux souvenirs, mais elle ne s'attendait absolument pas à entendre ça !

Poursuivant ses explications, Kadma lui montra une charmante femme blonde en tailleur bleu avec un collier de perles autour du cou.

— Ensuite, ils rapportaient tout à Halinor.

« *Halinor ?* » se répéta Will. Elle se souvenait de ce nom. Halinor était une des cinq

Gardiennes qui avaient servi avec Kadma, Nerissa et la grand-mère de Hay Lin.

— Tu étais sa petite protégée, expliqua Kadma.

Will n'en croyait pas ses oreilles. « Alors, se dit-elle, ces gens à qui je faisais confiance, qui devaient prendre soin de moi... tous ces gens-là me surveillaient en permanence et rapportaient mes moindres faits et gestes à une femme que je ne connaissais même pas ! »

Elle se sentait trahie. Tout le monde l'avait trompée !

« Comment avoir confiance en qui que ce soit, maintenant ? Même l'Oracle semble fermer les yeux sur la menace que représente Nerissa... »

Kadma retourna lentement vers les fauteuils en osier et s'assit à côté de Hay Lin, visiblement déboussolée, elle aussi.

— J'ai fondé *Astre naissant* avec Halinor, poursuivit-elle sans se soucier du trouble de Will. Maintenant, je suis seule.

Hay Lin se racla la gorge. Elle semblait attendre que Will dise quelque chose, mais son amie regardait toujours d'un air ahuri cette galerie de visages où figuraient ses anciens camarades de classe, ses voisins et les amis de sa famille. Toute sa vie avait été observée au microscope et elle n'en avait jamais rien su !

Finalement, Hay Lin posa à Kadma la question que Will aurait sûrement posée si elle avait été moins bouleversée.

— Si je comprends bien, vous avez veillé sur Will tout le temps qu'elle a vécu ici...

Au lieu de répondre, Kadma se tourna vers Will.

— Tiens, Will, dit-elle sèchement, prends ça !

Will s'avança vers elle et l'ex-Gardienne lui tendit le livre qu'elle tenait dans la main.

— Halinor voulait que je te le remette, poursuivit Kadma d'une voix froide. C'est pour cette raison que je vous ai fait entrer.

Will prit l'ouvrage des longs doigts manucurés de la femme. Après ces troublantes révélations, elle commençait à trouver l'atmosphère étouffante. Elle ouvrit le livre et découvrit son contenu.

— Un journal ? s'étonna-t-elle. Je ne comprends pas.

Elle leva sur Kadma un regard interrogateur, mais celle-ci détourna les yeux.

— Mon oiseau vous montrera la sortie, dit-elle d'un ton cassant. Adieu, mesdemoiselles !

Quoi ? Will n'en revenait pas. Alors, comme ça, sans prévenir, Kadma les congédiait !... Celle-ci se levait déjà et se dirigeait tranquillement vers la porte.

Will lui courut après.

— Mais... vous ne pouvez pas faire ça ! s'écria-t-elle d'un ton suppliant.

Comme Kadma refusait de se retourner, Will se mit en colère.

— Vous ne pouvez pas chambouler ma vie et partir ainsi ! cria-t-elle.

Kadma fit volte-face.

— Je ne te dois rien, petite ! Rien du tout, tu entends ?

Effrayée par la violence du ton, Will recula d'un pas.

Hay Lin bondit de son siège et s'approcha d'elle.

— J'ai été Gardienne, continua Kadma, mais, à présent, je n'ai rien à voir avec toi ! Alors, partez !

Will, abasourdie, restait figée sur place.

— Cessez de crier sur mon amie ! s'indigna Hay Lin.

Et prenant Will par les épaules, elle ajouta :

— Partons avant que ça ne dégénère ! Manifestement, nous sommes indésirables ! Tchipou, accompagne-nous !

Chiiip ! Chiiip ! cria l'oiseau en quittant son perchoir.

— Oui, petit merle ! dit Hay Lin en entraînant Will. Je sais que ce n'est pas ta faute.

Et pour prouver qu'elle ne lui en voulait pas, elle se mit à siffler l'air qu'elle avait dans la tête.

— Cette mélodie ! s'écria Kadma, soudain toute pâle.

Elle porta la main à son front et commença à chanceler.

— Non ! C'est... c'est impossible...

Son expression avait changé du tout au tout. La colère avait fait place à l'horreur puis à la douleur. Elle semblait soudain vieillie et fragile. Will comprit qu'elle allait s'affaisser sur le sol.

Avec Hay Lin, elle se précipita pour la retenir et elles l'aidèrent à s'asseoir.

— Qu'est-ce que tu lui as fait, Hay Lin ? murmura Will.

Hay Lin la regarda avec des yeux ronds.

— Moi ? Rien !

La réaction de Kadma l'avait surprise autant que Will. D'ailleurs, depuis le début de leur visite, rien ne se passait comme prévu et Hay Lin se demandait quels secrets gardait encore l'ancienne Gardienne. Allait-elle leur faire de nouvelles révélations ?

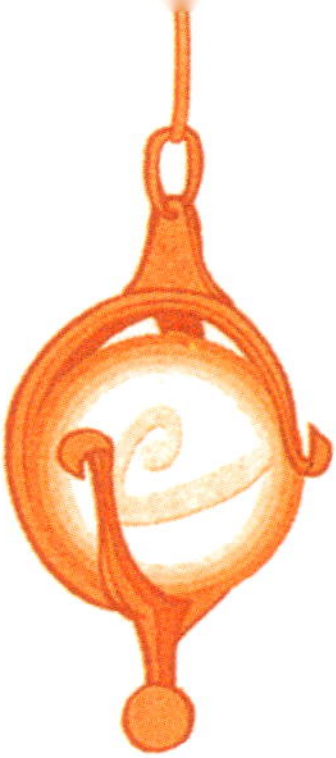

7

Une fois installée dans le fauteuil d'osier, Kadma demanda de l'eau. Will prit la carafe sur la table et lui servit un verre.

— Tenez ! dit-elle doucement en le lui tendant.

Kadma la remercia d'un hochement de tête et prit le verre d'une main tremblante.

« Cette mélodie, songeait-elle. Cette maudite mélodie ! Elle m'a rappelé tous mes mauvais souvenirs ! »

Pendant des années, elle avait vécu en essayant de les oublier. Pourquoi ces filles étaient-elles venues troubler sa tranquillité ? se lamentait-elle en secret. Hay Lin essaya de lui expliquer :

— Je sifflais juste cette chanson qui me trotte dans la tête depuis des jours...

D'un seul coup, Kadma comprit ce qui se passait. Si Hay Lin avait cet air dans la tête, il ne pouvait y avoir qu'une raison.

— Nerissa est de retour, murmura-t-elle d'un air accablé. Si j'avais su cela avant...

— Vous ne vous seriez pas comportée aussi brutalement ? coupa Will, sans lui laisser le temps de finir sa phrase.

« Ces filles sont si jeunes ! se dit-elle. Elles ne comprennent pas ce que signifie vieillir, perdre ses capacités et sa place dans le projet cosmique. »

— Je suis comme ça. Jadis, je détenais le pouvoir de la terre !

— La terre, répéta Hay Lin. C'est logique,

ajouta-t-elle avec un petit clin d'œil en direction de Will. Notre Cornelia est aussi quelqu'un de très autoritaire.

Kadma voyait bien qu'il s'agissait d'une plaisanterie mais, pour elle, il n'y avait rien de drôle dans cette situation.

— La mélodie que tu as sifflée est une composition d'une ex-Gardienne, dit-elle.

— Nerissa ?

Kadma hocha la tête.

— Dans sa jeunesse, elle était musicienne. En plaisantant, elle appelait cet air « l'Air de Nerissa ».

Kadma revoyait encore les doigts de Nerissa courir sur sa ravissante flûte d'argent. À l'époque, c'était une joie de l'entendre. Tout était nouveau, alors, et riche de promesses.

« Yan Lin, Halinor, Cassidy, Nerissa et moi, se disait-elle, nous étions si heureuses d'être Gardiennes ! Si fières de mériter la confiance de l'Oracle !... Mais surtout, nous étions les meilleures amies du monde et c'était ça le plus important. »

Depuis, il s'était passé tellement de choses !

En relevant la tête, ses yeux rencontrèrent ceux de Hay Lin.

— À cette époque, ta grand-mère et Nerissa étaient très proches.

— C'est peut-être pour ça que Hay Lin ne fait pas de cauchemars, suggéra Will.

— Possible. En tout cas, considérez cet air comme une sonnette d'alarme. C'est le signe que Nerissa est vivante et qu'elle cherche à se venger.

— Depuis le début de notre mission, nous cherchons des réponses.

« Des réponses ? s'étonna secrètement Kadma. Ces filles n'ont pas encore appris, soupira-t-elle. Il n'existe pas de réponses simples aux questions qu'elles veulent poser. »

— Pourquoi avez-vous essayé de nous faire partir, tout à l'heure ? demanda Will.

— C'est simple, répondit Kadma. Vous représentez un passé que j'essaie d'oublier.

Moi aussi, autrefois, j'assumais fièrement le rôle de Gardienne. Mais ensuite...

Kadma, une fois de plus, porta la main à son front. La maudite mélodie résonnait encore à ses oreilles et lui transperçait le cœur.

— Quand Yan Lin vous a raconté notre histoire, elle ne vous a pas dit toute la vérité.

Will et Hay Lin échangèrent des regards inquiets.

— Racontez-nous, murmura Hay Lin.

Kadma hocha la tête.

— Un jour, l'Oracle comprit que Nerissa ne pouvait plus garder le Cœur de Kandrakar.

Kadma se rappelait ce jour-là... Au début, Nerissa avait représenté le Bien, mais au fil des années, elle avait changé et, peu à peu, elle s'était mise à utiliser le Cœur à son profit. Elle brutalisait et dominait des innocents pour améliorer sa situation ou flatter sa vanité. Elle n'utilisait plus le Cœur pour vaincre le Mal – ce à quoi il était destiné – mais pour des raisons personnelles.

L'Oracle savait tout cela, bien sûr. Il observait Nerissa constamment. Mais il attendait sans agir.

— Après avoir observé Nerissa, expliqua Kadma, l'Oracle décida que la seule capable de garder la sphère magique était Cassidy. Il retira donc le Cœur à Nerissa pour le lui confier.

Kadma ferma les yeux un moment et prit une profonde inspiration avant de poursuivre son récit.

— Aveuglée par la jalousie, Nerissa tendit un piège à Cassidy et l'anéantit.

Ce terrible moment avait hanté Kadma toute sa vie.

— À la suite de la condamnation de Nerissa, poursuivit-elle, Halinor et moi avons accusé l'Oracle devant l'assemblée des Sages. Pour nous, il avait commis une grave erreur : il connaissait Nerissa et savait bien quels risques courait Cassidy. Malgré cela, il lui avait confié la garde du Cœur.

En finissant son récit, Kadma avait les larmes aux yeux.

— Vous ne verrez jamais ni Halinor ni moi à Kandrakar, parce que nous avons contesté l'autorité de l'Oracle.

Will semblait abasourdie par ce récit.

— Alors, vous n'aurez jamais de place dans la Congrégation ? demanda Hay Lin, incrédule. Vous avez été expulsées ?

Kadma la sentait sceptique. La petite-fille de Yan Lin ne voulait pas accepter la vérité sur

l'Oracle – le fait qu'il pouvait se montrer très dur. Et pourtant c'était vrai, Halinor et Kadma avaient été exclues.

— Je ne comprends pas, dit Hay Lin, visiblement perturbée. Et ma grand-mère ?

Kadma voulut la réconforter et mit la main sur son épaule.

— Elle ne pensait pas comme nous, mais nous sommes restées amies.

Puis elle regarda Will et la vit très choquée. La jeune Gardienne du Cœur serrait le journal d'Halinor contre sa poitrine avec une expression hébétée.

— Alors, c'est vrai, dit Will d'une voix à peine audible. Détenir le Cœur de Kandrakar est une malédiction.

Kadma observa les deux filles l'une après l'autre. Elles avaient fait preuve de courage et d'intelligence pour venir la retrouver et, maintenant, elles allaient devoir combattre Nerissa. Elle eut soudain des remords.

« Je ne pensais qu'à m'apitoyer sur moi-même, se dit-elle, et j'avais oublié ce que c'était de porter une aussi lourde responsabilité à leur âge. Ces petites n'ont pas besoin de mes tristes histoires, mais plutôt de mon soutien. »

Elle croyait entendre les reproches d'Halinor : *En effet, Kadma, tu as assez pleuré sur ton sort ! Il est temps que tu nous fasses honneur à Cassidy et à moi... Tu nous dois bien ça !*

Kadma comprit qu'il fallait rassurer Will.

— Oh, non ! lui dit-elle d'une voix chaleureuse et encourageante. Ce n'est pas une malédiction de détenir le Cœur, mais un privilège. Et c'est ton destin. Tu es née sous une bonne étoile, ajouta-t-elle en posant sa main sur celle de Will : l'étoile de *Cassidy* !

À ces mots, Will se détendit. Elle réussit même à sourire.

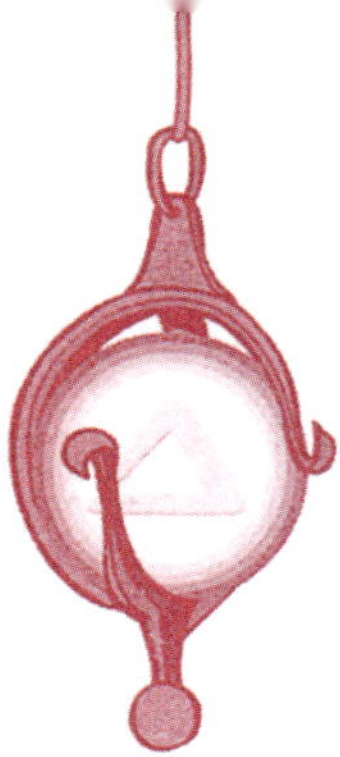

8

Le lendemain, après les cours, comme tous les vendredis, une joyeuse animation régnait dans le parc de l'Institut Sheffield. Les élèves quittaient le bâtiment en riant et criant, sortaient leurs ballons ou leurs skateboards. Certains se donnaient rendez-vous pour le week-end, d'autres se disaient : « À lundi ! »

Mais cet optimisme ambiant n'atteignait pas toutes les parties de la pelouse. Dans un coin retiré, Irma était assise avec trois de ses amies, Cornelia, Taranee et Hay Lin. Will n'était pas venue en cours ce jour-là, et Hay Lin devait se charger seule de raconter aux autres ce qui s'était passé à Fadden Hills, la veille.

« Waouh ! songeait Irma en écoutant l'histoire du merle et tout le reste. Il n'y en a sans doute pas beaucoup ici qui ont des anecdotes aussi captivantes à raconter... » Pour elle, il est vrai, le fantastique faisait partie du quotidien depuis qu'elle était Gardienne. Pendant que ses camarades de classe traînaient au centre commercial, elle et ses amies s'envolaient vers d'autres mondes et affrontaient des monstres...

Cette fois, quand même, le sujet était grave et, en écoutant Hay Lin, son humeur s'assombrit. Le meurtre de Cassidy n'avait rien de réjouissant. Et l'histoire de Kadma et Halinor bannies de Kandrakar la révoltait.

Comment l'Oracle avait-il pu exclure ces deux Gardiennes pour avoir simplement contesté sa décision ?

Quand Hay Lin eut terminé son récit, Irma s'éclaircit la voix bruyamment pour attirer l'attention. Imitant le Sage, elle ferma les yeux, joignit le pouce et l'index de chaque main et, assise en tailleur, déclara d'un ton solennel :

— Le sort de l'univers est entre nos mains ! Vous êtes les élues...

Quand elle rouvrit les yeux, les autres Gardiennes la regardaient, éberluées. Aucune ne souriait. « Oh, allez ! avait-elle envie de leur dire. On peut bien rigoler un peu, non ? »

— Je savais qu'il ne fallait pas se fier à ce clown d'Oracle ! poursuivit-elle.

Cette remarque déplut à Hay Lin.

— Kadma et Halinor n'avaient pas les faveurs de l'Oracle, mais ça ne veut rien dire ! répliqua-t-elle. Ma grand-mère lui a toujours gardé sa confiance et je continuerai à en faire autant.

— C'est vrai, renchérit Cornelia. Nous n'avons entendu qu'un son de cloche. On ne peut pas tout de suite en tirer des conclusions.

— Quoi ? s'écria Irma.

Jamais elle n'aurait cru que Cornelia prendrait la défense de l'Oracle, surtout après le sale tour qu'il lui avait joué en effaçant Caleb de sa mémoire !

« Hmmm, songea-t-elle en se tapotant le menton. Cornelia et Hay Lin auraient-elles peur de l'Oracle ? Elles craignent peut-être de se voir exclues à leur tour... Eh bien, moi, il ne m'intimide pas ! »

— Monsieur je-sais-tout devait pourtant savoir que Nerissa allait éliminer Cassidy, s'indigna-t-elle, et il lui a quand même confié le Cœur de Kandrakar.

— Il pensait peut-être que Nerissa n'irait pas aussi loin, suggéra Cornelia. Il voulait lui donner une chance.

— Oui, ajouta Hay Lin, tout le monde peut faire des erreurs, même ceux qui n'en font jamais.

Les poings serrés, Irma n'en démordait pas. « Elles n'y comprennent rien », se dit-elle.

— Exclure Kadma et Halinor, c'était vraiment exagéré ! protesta-t-elle.

Ces dernières paroles firent taire Cornelia et Hay Lin. Irma crut qu'elles étaient d'accord avec elle sur ce point mais refusaient de l'admettre.

Elle jeta un coup d'œil du côté de Taranee qui écoutait en silence et lui demanda son avis.

— Qu'en penses-tu, Taranee ?

Taranee leva le menton et la regarda à travers ses grandes lunettes rondes.

— Je pense qu'on devrait d'abord s'occuper de Will.

— Elle a dit qu'elle essaierait le vieux truc du thermomètre sur le radiateur, dit Hay Lin.

— Elle veut se faire passer pour malade ? demanda Irma en riant. Moi, quand j'essaie, ça ne marche jamais – ma mère est trop futée. Bon, eh bien, comme je suis indiscrète par nature, j'irai la voir. Qui veut m'accompagner ?

— Je ne peux pas, répondit Hay Lin, j'ai un rendez-vous chez le dentiste.

Toute la semaine, elle s'était plainte de l'appareil qu'elle devrait porter et Irma s'apprêtait à se moquer, mais Hay Lin l'avertit :

— Pas de plaisanterie, s'il te plaît !

Irma haussa les épaules.

— Et toi, Cornelia ? dit-elle.

Cornelia secoua la tête.

— Je dois finir mes devoirs, sinon mes parents ne s'en iront pas ce soir.

— Oh, ils te laissent seule ? s'étonna Taranee.

« Elle en a de la chance ! » pensa Irma.

— Ils partent tout le week-end, expliqua Cornelia, mais ma mère a demandé à la voisine de me surveiller. Heureusement, ils emmènent Lilian.

Quoi ? Cornelia allait rester seule tout le week-end dans son superbe appartement ? « Chic, on pourrait faire la fête ! se dit aussitôt Irma. Enfin, on verra ça plus tard. Pour l'instant, il faut découvrir ce qui a pu perturber Will au point de l'empêcher de venir en cours. »

Irma était persuadée que Hay Lin leur cachait quelque chose, et elle était décidée à en savoir davantage. Seulement, elle ne voulait pas avoir l'air plus curieuse que les autres.

— Taranee ? C'est toi qui voulais qu'on s'occupe de Will ?

Taranee parut soudain sur la défensive. Elle remonta ses lunettes sur son nez.

— Oui, mais peut-être qu'elle préfère être tranquille pour le moment.

Irma croisa les bras d'un air déterminé. Elle

savait que Taranee adorait les livres et la lecture : l'argument était tout trouvé !

— Ose me dire que tu n'es pas curieuse de lire le journal d'Halinor ! lui lança-t-elle.

La mimique de Taranee confirma à Irma qu'elle avait vu juste.

— Allez ! s'écria-t-elle en riant. Je sais que tu en meurs d'envie... Je lis en toi comme dans un livre ouvert.

— Euh...

Taranee essaya de détourner son regard, mais Irma insista :

— Tu peux me raconter tout ce que tu veux, je ne te croirai pas !

Finalement, Taranee sourit et capitula.

— D’accord, dit-elle.

— Super ! s’écria Irma.

Pressée d’aller interroger Will, elle obligea son amie à se lever.

— Allons-y ! dit-elle.

Tandis que les Gardiennes se séparaient, Irma se frottait les mains.

« Je me demande pourquoi j’aime tant les mystères, songeait-elle. Est-ce parce que mon père est brigadier ? »

Peut-être, mais pour une Gardienne, les problèmes à résoudre étaient d’un tout autre genre.

9

Assise avec Irma sur le canapé des Vandom, Taranee bâilla. « Il va falloir que je rattrape le sommeil perdu, se dit-elle. Ces cauchemars nuisent à ma concentration et si ça continue, mes résultats scolaires vont s'en ressentir. »

— Vous prendrez bien un jus d'orange ? proposa la mère de Will.

Irma hocha la tête. Taranee bâilla de nouveau et hocha la tête à son tour. Tandis que Mme Vandom prenait la carafe sur la table et remplissait leurs verres, Taranee remonta ses lunettes sur son nez et l'observa. C'était vraiment une belle femme. Pas étonnant qu'elle ait plu à M. Collins, leur prof d'histoire. Elle avait de beaux cheveux noirs et un physique avenant.

Irma remercia Mme Vandom et lui demanda :

— Will en a pour longtemps ?

— Non. Elle finit de prendre sa douche. Servez-vous, en attendant.

La mère de Will leur montra des cookies tout frais sur la table basse devant elles. Taranee se frotta les yeux. Avait-elle rêvé ou la mère de Will venait-elle de ricaner ?

Elle secoua la tête. « Ce doit être mon imagination, se dit-elle. Mme Vandom a toujours été super gentille. Tous ces cauchemars que je fais depuis quelque temps me rendent parano ! »

— Miam ! fit Irma.

Taranee ne fut pas surprise de voir Irma

enfourner deux cookies à la fois puis tendre le bras aussitôt pour en prendre un troisième. Il n'y avait qu'Irma pour avoir faim dans des moments pareils. Elle n'avait sans doute pas beaucoup mangé au déjeuner – c'était souvent le cas étant donné la médiocrité de la cafétéria du collège.

— *Ch*es cookies *ch*ont vraiment bons, commenta-t-elle, la bouche pleine. Hein, Taranee ?

Taranee avait envie de rire. « Bon, se dit-elle, je ferais bien d'en prendre un. Je ne veux pas avoir l'air mal élevée. »

Elle en mangea un et reconnut qu'ils étaient exquis. Elle en prit rapidement un deuxième et un troisième, puis, regardant la mère de Will, elle remarqua quelque chose d'étrange dans son expression – comme une note de mécontentement. Mme Vandom s'était assise sur l'accoudoir du canapé, les bras croisés, et observait fixement les deux filles comme si elle attendait que quelque chose se passe.

— Je suis ravie qu'ils vous plaisent, mesdemoiselles. Je craignais d'avoir mis trop de... poison.

« Du poison ? s'alarma Taranee. J'ai dû mal entendre. »

— Quoi ? s'écria Irma, recrachant tout ce qu'elle avait dans la bouche. Pouah !

Soudain, Taranee sentit son gosier se serrer. Elle s'étranglait ! Elle étouffait ! Elle leva la tête et ce qu'elle vit lui glaça le sang : la femme qui se penchait au-dessus d'elles portait les mêmes vêtements que la mère de Will, elle avait les mêmes cheveux longs et bruns... mais son visage avait complètement changé ! Mme Vandom s'était transformée en...

— Nerissa ! hurla Irma d'une voix rauque.

— Oui, dit Nerissa. Mais pas de panique ! La substance que vous avez avalée n'agira que dans quelques minutes.

Taranee porta les mains à sa gorge. Elle était terrifiée... Elle ne pouvait plus respirer ! Dans

deux minutes, elle serait morte étouffée, elle en était certaine.

Nerissa ne leur donnait aucune explication. Tout son être exprimait la haine. Avec un sourire méchant, elle leur demanda :

— En attendant, voulez-vous boire quelque chose ?

*

* *

— Encore un peu de jus d'orange ?

Taranee ouvrit les yeux et aperçut, penchée au-dessus d'elle, une femme à longs cheveux bruns.

— Aaaaah ! cria-t-elle.

— Non ! hurla Irma.

Terrorisées, les filles bondirent du canapé et firent tomber la carafe de jus.

— Désolée ! s'excusa la mère de Will. Je ne voulais pas vous surprendre. Vous avez dû... euh... vous assoupir.

— Quoi ? s'exclama Taranee en se frottant le crâne.

— Nous nous sommes endormies ? s'étonna Irma.

Mme Vandom pointa le doigt vers la chambre de Will.

— C'est que Will a presque fini sa douche, et je...

— Et vous vouliez nous réveiller en douceur, dit Irma.

Taranee poussa un soupir de soulagement. Ce rêve lui avait paru si réel !

— Merci, madame. Ces temps-ci, on fait pas mal de cauchemars... et, euh...

Taranee était si ébranlée qu'elle était sur le point de révéler comment l'horrible Nerissa avait essayé de les tuer en empoisonnant les biscuits. Heureusement, Irma ne la laissa pas achever sa phrase.

— On a trop mangé à midi ! s'empressa-t-elle d'expliquer. On avait juste besoin d'une petite sieste !

— Je vois, dit Mme Vandom. Allez dans la chambre de Will. Elle vous rejoindra.

Irma et Taranee quittèrent le séjour en échangeant des regards encore remplis d'angoisse. Arrivées dans la chambre de Will, Taranee se rappela la raison de leur visite : c'était pour Will qu'elles étaient venues. Elles se faisaient beaucoup de souci pour leur amie. Will n’était pas du genre à sécher les cours. Il avait dû se passer quelque chose de grave.

Vêtue d’un peignoir en tissu éponge bleu, Will entra dans la chambre en s’essuyant les cheveux avec une serviette.

Sans laisser le temps à Taranee de lui demander comment elle se sentait, Irma raconta tout de suite ce qui venait de se passer.

— Vous avez fait toutes les deux le même rêve ? demanda Will dès qu’elle put placer un mot.

— Ce n’était pas n’importe quel rêve, répondit Irma, mais un cauchemar signé Nerissa !

— Peut-être parce qu’on s’était endormies l’une à côté de l’autre, suggéra Taranee.

— Ton explication est intéressante. Il faut en parler aux autres.

— On parlera magie un peu plus tard, si tu veux bien, proposa Irma. D’abord, comment vas-tu ?

Will enroula la serviette autour de ses cheveux mouillés et s’assit sur le lit.

— Ma mère a cru que je faisais semblant d’être malade pour ne pas aller en cours.

— Ah bon ? Et alors, quelle est ta punition ?

— Rien, répondit Will. Elle a dû sentir que ça n'allait pas fort.

— Voilà une mère compréhensive, dit Irma avec un gros soupir. Il y en a qui ont de la chance...

— Et alors, ce... euh... ce journal ? demanda Taranee. Elle voyait que Will allait mieux. Et même beaucoup mieux. Ce qui était plutôt surprenant – et rassurant à la fois.

— Vous voulez jeter un coup d'œil ? proposa Will. Il est là, sur le bureau.

Taranee s'approcha du bureau et commença à feuilleter le journal.

— Tu es sûre que ça ne t'ennuie pas ? s'enquit Irma qui observait Taranee. N'est-ce pas quelque chose de privé entre toi et Halinor ?

— Peut-être... Mais je ne peux pas le savoir parce que...

— Hé ! s'écria soudain Taranee. C'est écrit en martien ou quoi ?

— Exactement ce que j'allais dire, répondit Will. Je n'y comprends rien.

Taranee soupira. Pendant un instant, elle avait cru que le journal leur donnerait la solution pour vaincre Nerissa. De toute façon, si c'était le cas, les Gardiennes étaient incapables de le lire.

Taranee sentit venir un nouveau bâillement et frissonna. Elle ne voulait surtout pas dormir maintenant, en courant le risque de retrouver Nerissa dans ses cauchemars. Elle savait que Will et Irma éprouvaient les mêmes inquiétudes.

« On ne peut pas continuer ainsi ! songeait Taranee. Comment allons-nous échapper à Nerissa, maintenant ? »

— Tu n'as vraiment aucune idée de ce que dit ce journal ? demanda Taranee. Pas le moindre petit soupçon ?

Will haussa les épaules. Elle s'approcha du livre et montra des pages illustrées.

— D'après les dessins, on dirait que ça parle de planètes et d'étoiles.

Taranee y jeta un coup d'œil, mais elle

n'était pas convaincue. En revanche, elle restait persuadée que la clé pour comprendre Nerissa se trouvait dans ces pages codées et qu'il fallait absolument déchiffrer le message.

10

— Ah non ! protesta Hay Lin. Pas avec des étoiles ! Tu plaisantes, j'espère !

— Il y a des tas d'autres modèles, dit sa mère. Regarde le dépliant que t'a donné le dentiste.

Hay Lin n'avait aucune envie de regarder

cette stupide brochure. « Je l'ai déjà vue, avait-elle envie de crier. On est resté si longtemps dans la salle d'attente que je le connais par cœur ! Un appareil dentaire, quelle horreur ! Des années de bagues en métal et d'élastiques à serrer... Des années sans pouvoir manger de pop-corn au cinéma ni mâcher de caramels ou de chewing-gum... Avec, en prime, les plaisanteries d'Uriah et sa bande ! Mais surtout, j'imagine la tête d'Eric la première fois qu'il me verra avec ! »

Un an auparavant, Hay Lin ne se souciait pas de ce que pensaient les garçons, tout simplement parce que les garçons ne l'intéressaient pas. Elle les trouvait tous bêtes et grossiers.

Mais depuis sa rencontre avec Eric Lyndon, son point de vue avait changé. Chaque fois qu'elle pensait à lui, son cœur battait plus vite. Ce garçon-là lui plaisait vraiment, et elle lui plaisait aussi, elle en était certaine. Mais comment leur relation allait-elle évoluer ? Ça, Hay Lin l'ignorait.

« Peut-être qu'il me détesterait avec un appareil... Je ne veux pas prendre ce risque ! »

— Écoute-moi, maman ! s'insurgea-t-elle. Je ne veux pas d'appareil dentaire, c'est tout !

Sourde à ses protestations, sa mère restait plongée dans le dépliant.

— Si tu ne veux pas l'appareil avec les étoiles, proposa-t-elle, on peut lui demander d'en faire un avec ton nom dessus.

« Elle le fait exprès, ou quoi ? J'ai beau crier de toutes mes forces, elle ne veut rien entendre ! » se disait Hay Lin.

C'était toujours pareil avec sa mère : toujours pressée, comme d'habitude, toujours trop occupée pour l'écouter ! Si seulement sa grand-mère était encore de ce monde ! Elle, au moins, lui consacrait du temps : elle l'écoutait, la conseillait ou lui racontait des histoires magiques pour lui faire oublier ses problèmes.

« Si elle était là, en ce moment, elle m'entendrait, songeait Hay Lin, elle m'écouterait et, surtout, elle ne me proposerait jamais de porter un appareil dentaire avec mon nom dessus ! »

— C'est ça ! répondit Hay Lin à sa mère. Et je n'aurai qu'à sourire pour me présenter !

Arrivées devant le restaurant, Mme Lin ouvrit la porte et Hay Lin entra, la mine boudeuse. Elle traversa la salle à manger à grands pas et salua Chen qui commençait à mettre le couvert. Les tables recouvertes de nappes blanches étaient encore vides, mais dans peu de temps, la salle se remplirait d'habitués. L'air sentirait l'ail, le porc rôti, l'huile d'arachide et le thé parfumé, et le brouhaha des conversations se mêlerait au cliquetis des baguettes.

— De toute façon, reprit Mme Lin en suivant sa fille, il va falloir prendre une décision. Ta santé avant tout !

— Tout de suite les grandes phrases. On voit bien que tu n'as jamais été obligée de porter un appareil dentaire !

Mme Lin, cette fois, parut entendre sa fille.

— Je ne te permets pas de me parler sur ce ton ! dit-elle. Moi, quand j'avais ton âge, je ne pouvais pas me permettre ce luxe !

« *Ce luxe ?* » se répéta Hay Lin.

— Oh, pitié ! marmonna-t-elle. Pas le couplet sur les temps difficiles !

« Ma mère a vraiment le chic pour me faire culpabiliser ! »

Chen se mit à rire. C'était un grand gaillard au ventre rebondi sous son ample tablier bleu. Il avait des sourcils broussailleux, une épaisse moustache et un crâne aussi lisse qu'une boule de billard.

— De mon temps, on n'avait pas besoin de toutes ces diableries, déclara-t-il en s'approchant d'elle.

À ces mots, le visage de Hay Lin s'éclaira.

— Explique-le à maman, Chen.

— Ça ne m'empêche pas de sourire à la vie ! affirma-t-il, le visage fendu d'un large sourire.

Un sourire jovial, certes, mais sa bouche édentée n'avait rien de séduisant...

— Oui, Chen, dit Hay Lin gentiment. Merci pour ton aide...

En réalité, elle n'avait aucune envie de lui ressembler. « Mais ai-je vraiment besoin de porter un appareil ? se demandait-elle. Si, au moins, il y avait d'autres modèles... »

— Oh ! se rappela Chen en fouillant dans sa poche. Avant que j'oublie, il y a une lettre pour toi.

— Pour moi ?

Hay Lin prit l'enveloppe qu'il lui tendait. Lorsqu'elle vit le logo avec l'étoile, elle retint son souffle.

— De la Fondation *Astre naissant* ?

Aussitôt, elle oublia ses problèmes d'appareil. Quand on est Gardienne, on sait mettre de côté ses soucis personnels si les affaires l'exigent.

« Et là, songea Hay Lin, il s'agit bien d'une affaire de Gardienne. Parce qu'il n'y a qu'une personne qui habite à cette adresse, c'est Kadma. »

— Mais que peut-elle bien me vouloir ? murmura-t-elle.

11

Les cinq Gardiennes étaient attablées à leur place habituelle au *Golden*, le meilleur restaurant d'Heatherfield pour les triples hamburgers. C'était là que Will avait fait sa première sortie avec Matt. C'était là aussi que les Gardiennes se retrouvaient en cas d'urgence.

« Je me demande combien de réunions de ce type nous avons tenues. C'est presque devenu une routine ! » se disait Cornelia.

Les filles commandèrent des boissons et des petits trucs à grignoter, et se mirent à échanger les dernières nouvelles. Irma et Taranee racontèrent aux autres le rêve qu'elles avaient fait sur le canapé de Will, et Hay Lin montra la lettre qu'elle avait reçue de Kadma.

— C'est un message court, mais sûrement important, expliqua-t-elle.

Cornelia n'allait pas discuter. Le cauchemar qu'elles vivaient à cause de Nerissa devenait insupportable et tout ce qui pourrait y mettre fin valait la peine qu'on s'y intéresse.

— Lis-le-nous, suggéra-t-elle.

Hay Lin hocha la tête et sortit la lettre de l'enveloppe. *« Nerissa vit dans le monde des cauchemars,* lut-elle. *Mais c'est aussi sa faiblesse. »*

À ces mots, Cornelia dressa l'oreille. Elle avait toujours pensé que le secret pour vaincre Nerissa serait justement de trouver son point faible. Et voilà que Kadma leur fournissait un indice.

« Nerissa vit dans le monde des cauchemars », se répéta-t-elle en silence. Pendant au moins une minute, personne ne dit rien. Taranee et Will sirotaient leur soda.

Irma, qui croquait une frite, finit par demander :

— Quelqu'un a compris ?

— Hmmm... peut-être bien que oui, dit Cornelia, alors que tous les regards se tournaient vers elle. Taranee et Irma ont fait le même rêve parce qu'elles s'étaient endormies l'une près de l'autre... Nous savons que Nerissa est en mesure de nous atteindre physiquement, en particulier quand elle est dans cette dimension.

— C'est exact, confirma Will. La première fois que je l'ai rencontrée, c'était en rêve et elle m'a marquée de son sceau.

— Je crois que Kadma essaie de nous dire que l'inverse peut aussi se produire.

Le visage de Will s'illumina.

— Bien sûr ! Si Nerissa peut nous atteindre dans nos rêves, alors nous...

— ... Nous devons pouvoir l'atteindre aussi, s'empressa d'ajouter Irma. J'ai compris !

— Tu nous suggères donc d'attaquer Nerissa sur le terrain des cauchemars ? dit Taranee en regardant Cornelia d'un air inquiet.

Cornelia hocha la tête.

— C'est toujours mieux que d'aller la combattre sur le Mont Thanos. Si on l'affronte ensemble, on a peut-être une chance.

Au même moment, Cornelia leva les yeux et aperçut un garçon du collège qui s'était arrêté près de leur table avec son plateau et les regardait d'un air ahuri. Il avait dû surprendre leur conversation.

— T'inquiète pas, c'est un nouveau jeu, lui expliqua Cornelia. Un jeu de rôles du genre fantastique, tu vois ?

Le garçon leva les yeux au ciel et poursuivit son chemin.

« Il a dû croire que j'étais une fan de ces jeux, songea Cornelia. Pourtant, ce n'est pas du tout mon style. Moi, j'aime le concret. Je suis certainement celle qui a le plus le sens des réalités dans notre groupe. »

Elle observa ses amies les unes après les autres. Elles étaient toutes bien différentes : Will, avec son côté garçon manqué, Irma, le clown de la bande, Hay Lin un peu fofolle, et Taranee la studieuse.

Parfois Cornelia aurait aimé une vie plus normale.

« C'est vrai, quoi... Il n'y a qu'à regarder ces gens en train de se gaver de milk-shakes autour de nous ! Ils ne pensent qu'à leurs prochains achats et au meilleur moyen de faire disparaître leurs boutons. Et moi, c'est quoi, ma vie ?... Je cherche à me débarrasser d'une vieille sorcière qui nous empoisonne l'existence par des procédés diaboliques. Je suis amoureuse d'un garçon qui, autrefois, était une fleur et qui vit dans un autre monde. Et, dans les bons jours... j'ai des ailes. »

Cornelia commençait à se lamenter sur son sort quand Irma s'exclama :

— Quel génie ! Il y a vraiment un cerveau sous ces cheveux blonds ! Nous n'avons qu'à nous endormir ensemble !

— Que diriez-vous d'une soirée pyjama chez moi, ce soir ? proposa Cornelia, ravie de voir que tout le monde semblait approuver son plan.

— Super ! s'écria Irma, sautant de joie sur son siège. Tes parents ne seront pas là et on fera attention à la voisine, pas de problème !

Cornelia sourit. Depuis qu'elle avait annoncé que ses parents partaient pour le week-end, l'incorrigible Irma n'attendait que ça.

— On ferait bien d'attacher Irma, conseillat-elle, sinon elle va crever le plafond à sauter comme ça.

— Ah, ah ! Très drôle, Corny ! répondit Irma en lui lançant une frite.

Cornelia l'esquiva en riant.

Elle savait que c'était une lourde responsabilité de rester seule tout un week-end et elle n'avait pas du tout l'intention d'organiser une soirée pyjama derrière le dos de ses parents. Elle leur dirait qu'elle invitait des amies – de toute façon, sa voisine s'en chargerait si elle ne le faisait pas – mais elle passerait sous silence les vraies raisons de cette invitation.

— J'apporterai des DVD, annonça Irma, et on mangera du pop-corn. Il y a aussi une nouvelle pizzeria qui livre à domicile près de chez Cornelia, je l'ai vu sur Internet la semaine dernière ! Ils font une pizza végétarienne à la courgette et à la mozzarella fumée...

— À la courgette ! s'écria Taranee avec une moue dégoûtée. Pas pour moi, merci ! Et le fromage fumé ne me tente pas trop non plus.

Will partageait cet avis.

— Bon, très bien ! dit Irma, conciliante. Vous prendrez ce que vous voulez.

Cornelia coupa court à la discussion sur les pizzas.

— Ma mère a laissé des tas de trucs à grignoter dans les placards.

— Super, dit Will.

Tout le monde se réjouissait à l'idée de cette soirée pyjama, sauf Hay Lin qui semblait distraite.

— Il y a quelque chose de bizarre là-dedans, déclara-t-elle, les yeux toujours fixés sur la lettre de Kadma.

— Quoi ? demanda Will.

— Pourquoi Kadma a-t-elle écrit un tel message dans une simple lettre ?...

Will leva les yeux au ciel.

— Tu as bien vu comment elle vivait, Hay Lin. Elle habite dans un coin perdu. Elle ne doit même pas connaître les emails.

— Elle aurait pu appeler...

— N'as-tu pas remarqué qu'elle avait... enfin... qu'elle était un peu spéciale ? fit observer Will en volant une frite dans l'assiette d'Irma.

— Pourquoi tant de précautions ? s'étonna Irma. Dis carrément qu'elle est odieuse. Et, visiblement, elle ne nous aime pas beaucoup.

— Non, je ne crois pas que ce soit ça, répondit Hay Lin.

— Bon, vous êtes partantes pour la soirée

pyjama ? demanda Cornelia. Au moins, on s'endormira ensemble.

Tout le monde acquiesça.

Cornelia était ravie.

« Formidable ! se dit-elle. Malgré nos différences et nos petites querelles, quand c'est vraiment important, nous formons vraiment une excellente équipe ! »

12

Au moment où les Gardiennes quittaient le *Golden*, Will sentit qu'on la tirait par la manche et se retourna. C'était Hay Lin. Elle souriait.

— Je sais qui pourrait lire le journal d'Halinor, lui annonça-t-elle.

— Qui ? demanda Will.

— Il nous reste à peu près une heure avant la fermeture, poursuivit Hay Lin en regardant sa montre.

— La fermeture de quoi ?

— Suis-moi !

Hay Lin enfourcha son vélo, Will le sien, et toutes deux partirent à grands coups de pédale. Elles entrèrent dans le Parc d'Heatherfield et gravirent une longue côte en haut de laquelle se dressait un imposant bâtiment dominant tout le parc.

« C'est donc là que nous allons, comprit Will. À l'Observatoire d'Heatherfield. »

— Hay Lin, *qui* allons-nous voir ? cria-t-elle.

— Tu verras bien.

Will n'avait encore jamais visité l'Observatoire. Le grand bâtiment de granit blanc offrait un aspect majestueux dans la lumière du soleil couchant, avec sa façade à colonnes et sa belle coupole.

En arrivant, Will et Hay Lin garèrent leurs vélos au pied des marches et montèrent jusqu'au porche voûté. Les portes étaient encore ouvertes. Les deux filles pénétrèrent dans le hall et se dirigèrent vers l'accueil.

— Puis-je vous aider ? demanda un gardien.

— Nous venons voir Eric Lyndon, répondit Hay Lin. Pouvons-nous entrer, s'il vous plaît ?

Le garde les regarda l'une et l'autre.

— Toutes les deux ?

— Oui, dit Hay Lin. Je suis sa... Nous sommes ses amies, dit-elle après une hésitation.

Le garde sourit.

— Je vois.

Il leur indiqua le grand escalier de marbre de l'autre côté du vaste hall. Elles grimpèrent un long moment, puis arrivèrent à un petit escalier en colimaçon. Elles poursuivirent leur ascension jusqu'en haut et se trouvèrent enfin devant une porte entrouverte. Par l'entrebâillement, Will aperçut des cartes du ciel sur les murs et surtout un énorme télescope qui occupait presque toute la pièce.

— Toc, toc, toc ! fit Hay Lin.

Eric Lyndon, son copain, vint les accueillir.

Will sentit la nervosité de son amie quand elle lui dit bonjour.

Hay Lin expliqua rapidement pourquoi elles venaient, et Will sortit le journal d'Halinor.

Le garçon parcourut les pages recouvertes de planètes, d'étoiles et de signes indéchiffrables.

— Je n'ai jamais vu ça ! s'exclama-t-il.

Will était un peu inquiète, mais Hay Lin restait persuadée qu'Eric pouvait les aider.

— Tu y comprends quelque chose, Eric ? demanda-t-elle, pleine d'espoir.

— Rien du tout ! répondit-il. Mais j'aime rendre service. Et si je n'ai pas la solution, je sais que ce matériel intéressera beaucoup mon grand-père.

— Le ... le professeur ? bégaya Hay Lin.

— On l'appelle comme ça, dit Eric, mais son nom est Zachary Lyndon. Je ne te l'ai pas présenté ?

— Euh... non..., répondit Hay Lin en se balançant gauchement d'un pied sur l'autre. Mais j'en ai beaucoup entendu parler.

Will se retint pour ne pas sourire. Ce n'était pas le journal qui rendait son amie si nerveuse. C'était Eric. Will se souvenait de s'être comportée de la même manière lors de ses premières rencontres avec Matt.

En regardant Eric, elle comprenait pourquoi il plaisait tant à Hay Lin. Il était grand, intelligent et visiblement très gentil. Il avait de grands yeux marron, les cheveux bruns et un beau sourire. Will le trouvait presque aussi séduisant que Matt.

Elle sourit en pensant à son ami. Elle avait passé très peu de temps avec lui depuis le début de l'affaire Nerissa et il lui manquait beaucoup.

Eric se tourna vers elle.

— Si tu veux, je parlerai à mon grand-père, lui dit-il. Mais c'est à toi de décider... Ce livre t'appartient !

— Je suis tout à fait d'accord, s'empressa de répondre Will. Mais je ne voudrais pas le déranger...

— Il sera ravi de t'aider, affirma Eric avec un sourire rassurant. Il adore les énigmes.

Il se dirigea vers la porte tout en feuilletant le journal d'Halinor. Will et Hay Lin lui emboîtèrent le pas.

— Merci d'avoir demandé à Eric de nous aider, Hay Lin, chuchota Will en redescendant l'escalier en spirale.

— Je suis toujours contente de le revoir, avoua Hay Lin. J'espère seulement qu'il pourra résoudre notre problème.

— Alors, qu'est-ce que tu peux me raconter sur le grand-père d'Eric ? Tu as eu une curieuse réaction en entendant son nom.

— C'est un savant. Un astronome, plus précisément. D'étranges histoires courent à son sujet... Des histoires vraiment bizarres.

Will mourait d'envie d'en apprendre davantage mais il fallait rattraper Eric. Avec ses longues jambes, il avait pris de l'avance. Il les emmena le long d'un couloir bordé de colonnes de marbre clair.

— Je suis sûre qu'il y a quelque chose qui peut nous aider dans ces formules, dit Will. Du moins, je l'espère.

Hay Lin hocha la tête et regarda de nouveau sa montre.

— Alors, on ferait bien de se dépêcher. Elles pourraient nous servir à la soirée pyjama !

Les filles rejoignirent Eric devant une vieille

porte en bois au moment où il tournait la poignée.

— Entrez, dit-il, et prudence dans l'escalier ! Grand-père est au sous-sol.

Will s'avança et hésita une seconde devant la sombre cage d'escalier. Où étaient passés les belles colonnes, le marbre poli et le granit blanc ? Cet étroit escalier de brique, éclairé par une simple ampoule électrique paraissait bien miteux comparé au reste ! Hay Lin et elle échangèrent des regards inquiets.

Qu'avait dit Hay Lin un instant plus tôt sur le grand-père d'Eric ? N'avait-elle pas parlé d'histoires étranges ?

Tout à coup, Will se demanda si elle avait eu raison de venir. Comme Eric poursuivait son chemin, elle le suivit mais sans enthousiasme.

« Où allons-nous ? En quoi cela va-t-il nous aider ? » s'inquiétait-elle en descendant l'escalier.

Eric rit en voyant l'expression apeurée des deux filles.

— Ne craignez rien ! Je ne vous emmène pas dans les sombres cachots de l'Observatoire, je vous le promets !

Arrivé en bas, il posa la main sur la barre d'ouverture d'une porte coupe-feu.

— Mon grand-père a trouvé que les souterrains étaient l'endroit idéal pour son planétarium. On fignole les dernières installations. Vous me direz ce que vous en pensez.

Lorsqu'il poussa la lourde porte, Will et Hay Lin eurent l'impression de pénétrer dans un autre monde.

Des projecteurs et des écrans verts transformaient le sous-sol de l'Observatoire en une représentation en trois dimensions du système solaire. Les images projetées donnaient l'illusion aux visiteurs d'être au milieu des astres.

— Oh, c'est fantastique ! s'écria Will.

Mercure, Vénus, la Terre, Mars, la ceinture d'astéroïdes et des millions d'étoiles tournoyaient sur des orbites si proches qu'on pouvait pratiquement les toucher en tendant le bras.

— J'ai l'impression de flotter dans l'espace ! s'écria Hay Lin.

Will n'en croyait pas ses yeux. Le vaste ciel bleu-noir semblait s'étendre à l'infini. C'était comme Kandrakar et son azur à perte de vue. Elle avait éprouvé le même émerveillement

lors de sa première visite dans la demeure de l'Oracle.

— C'est une simulation, dit une voix. D'habitude peu de gens s'intéressent à l'astronomie ! Et encore moins les filles de votre âge.

Rassemblant son courage, Will fit quelques pas. Elle avait du mal à trouver son équilibre car elle ne voyait pas le sol – ses yeux devaient s'adapter à la lumière brillante des planètes. Dès qu'elle put se repérer, elle aperçut un vieil homme aux cheveux blancs qui portait une grosse moustache et des lunettes à monture d'acier.

— Pourtant ce spectacle de lumière devrait susciter quelque intérêt chez les jeunes, non ? ajouta le professeur.

Will approuva aussitôt d'un hochement de tête et Hay Lin qui l'avait rejointe s'empressa d'en faire autant.

Will appréhendait de montrer le journal au professeur Lyndon, mais finalement, le grand-père d'Eric accepta très gentiment de le regarder. Les filles n'avaient donc plus le choix : elles lui confièrent le précieux journal et prirent poliment congé, avant de se rendre à leur soirée pyjama.

Le journal d'Halinor était maintenant entre les mains d'un savant, un esprit inventif et curieux. Peut-être saurait-il trouver la clé des mystères qui s'y trouvaient cachés.

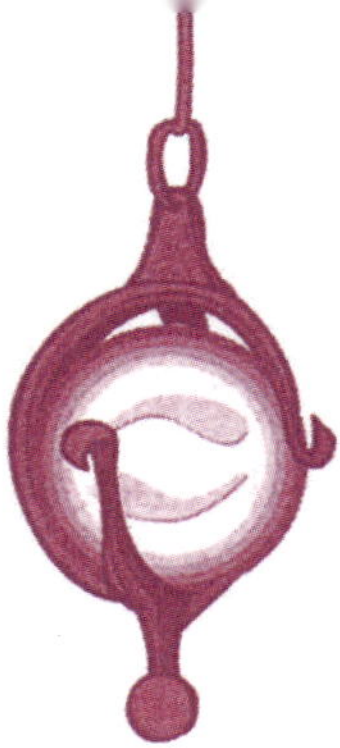

13

Cornelia fourra la salière dans la main de sa voisine, espérant ainsi avoir la paix.

— Tenez, mademoiselle Prottinger ! lui dit-elle. Vous me le rendrez demain.

— Une minute, cria la femme. Je...

— *Bonsoir*, mademoiselle Prottinger ! coupa Cornelia d'un ton ferme.

Et elle lui ferma la porte au nez.

Hay Lin qui se prélassait dans le canapé en resta bouche bée.

— Comment savais-tu qu'elle allait te demander du sel ? s'étonna-t-elle.

— Je procède par élimination, répondit Cornelia. Elle est déjà venue plusieurs fois pour du beurre, de la farine et du sucre. Il ne manquait plus que le sel.

— Tu crois qu'elle fait ça pour plaire à tes parents ou par excès de zèle ? demanda Irma, assise dans le fauteuil bleu du séjour.

— C'est surtout une sacrée fouineuse ! répondit Cornelia.

Elle portait une longue chemise de nuit bleu vif assortie à ses yeux. Toutes ses amies avaient revêtu leur plus beau pyjama pour dormir chez elle. Irma portait une nuisette bleu ciel à volants et des pantoufles assorties ; Taranee, un pyjama orange ; Hay Lin, un petit ensemble à fines bretelles ; et Will, un short et un débardeur verts.

— Maintenant, tout le monde au lit ! décréta Cornelia.

— Je veux bien, dit Taranee, mais ça ne va

pas être facile de dormir. Je suis plus réveillée que jamais.

Là-dessus, elle tapota un oreiller qu'elle appuya contre le bras du canapé et fit mine de s'installer pour la nuit.

Jusqu'à présent les filles avaient regardé un DVD, avalé un grand bol de pop-corn et dévoré deux pizzas. Normalement, à ce stade, on passait à la séance de bavardage intensif.

Mais cette soirée pyjama n'était pas comme les autres et il était hors de question de veiller la moitié de la nuit. Le moment était venu de passer aux choses sérieuses.

Il s'agissait de dormir, bien sûr, mais les Gardiennes savaient qu'une fois dans le monde des rêves, elles devraient affronter Nerissa. Dans de telles circonstances, personne n'avait vraiment envie d'aller se coucher.

— Comment s'endormir en sachant ce qui nous attend ? Vous avez une méthode ? demanda Taranee.

— Oui, proposa Irma. Plonger en plein cauchemar et se noyer avec Nerissa !

Comme les autres Gardiennes, Cornelia trouvait de plus en plus dur de vivre dans deux mondes. Dehors, les lumières d'Heatherfield scintillaient dans la nuit d'été. Les gens passaient la soirée au restaurant, en boîte de nuit, au cinéma, profitant joyeusement de la vie avec leur famille ou leurs amis. Ils ne connaissaient pas d'autres mondes que la Terre.

« Ils ont bien de la chance, songeait-elle. Ils n'ont jamais entendu parler de l'Oracle, du prince Phobos, de la révolte de Méridian ni du Cœur de Kandrakar. Ils ne se réveillent pas chaque matin avec les lourdes responsabilités de Gardienne. »

Will se leva et s'étira. Cornelia s'étonnait de la voir si détendue.

— En attendant que le sommeil vienne, passons le temps d'une manière sympa, suggéra Irma.

— Je suis d'accord, dit Will qui entreprit d'explorer les lieux.

Cornelia était fière de son appartement. Sa mère l'avait meublé de beaux objets anciens, de miroirs, de tapis somptueux, de tentures raffinées et les grandes baies vitrées offraient une vue magnifique sur la ville.

Cornelia remarqua que Hay Lin était étrangement calme. Taranee s'en inquiéta :

— Qu'est-ce qui te préoccupe, Hay Lin ?

Hay Lin se recroquevilla sur elle-même comme si elle avait froid.

— Je pensais à l'air de Nerissa, répondit-elle à voix basse. Je redoute de l'entendre à nouveau.

— C'est normal, maintenant que tu en connais la signification.

— Oui, mais ce n'est pas seulement ça. D'habitude la musique m'évoque des souvenirs ou des impressions, alors que cet air-là ne m'évoque rien du tout... comme s'il n'avait pas d'âme.

— Hé ! Venez voir ce que j'ai trouvé dans la chambre de Cornelia ! cria Will depuis le couloir.

« Oh, non ! » se dit Cornelia, gênée. Elle savait ce que Will avait découvert et, en suivant ses amies jusqu'à sa chambre, elle se sentit rougir.

Taranee entra la première et aperçut Will assise par terre près d'une petite maison à deux étages remplie de meubles miniatures.

— Waouh ! Une maison de poupée ! s'exclama-t-elle.

— Voilà donc à quoi Cornelia passe son temps ! plaisanta Irma.

— Très drôle ! répondit Cornelia. Je l'avais rangée dans mon armoire. C'est Lilian qui a dû la sortir.

Irma lui jeta un regard sceptique.

— Je te dis que c'est ma sœur qui a joué avec ! répéta Cornelia.

— Bien sûr ! répondit Irma en lançant un clin d'œil aux autres. Et puis quoi encore ?...

Cornelia leva les yeux au ciel, exaspérée. Parfois, Irma la rendait folle !

Will, ravie, se mit à jouer avec les meubles de la petite maison.

— Faites ce que vous voulez, dit-elle. Moi, je sais comment je vais attendre le sommeil.

Taranee, Irma et Hay Lin, se jugeant bien trop grandes pour ce genre d'activité, commencèrent à lire des revues ou jouer aux échecs. Jusqu'à ce que Cornelia cède à l'appel de l'enfant qui était encore en elle et aille s'agenouiller près de Will. Toutes deux s'amusèrent

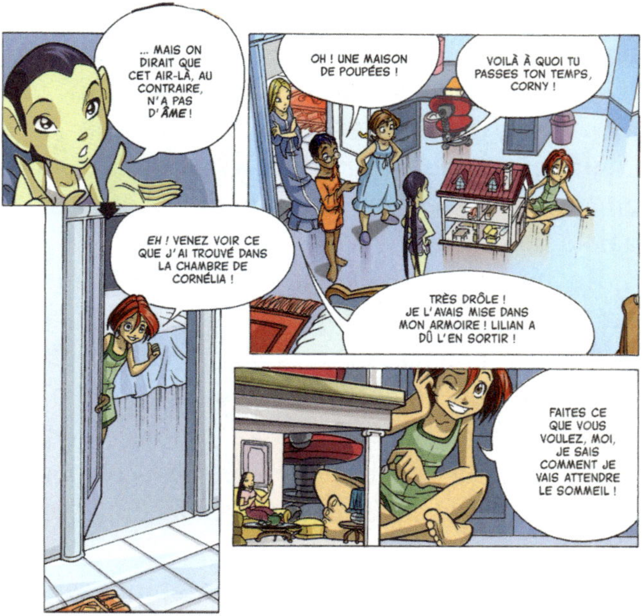

alors de bon cœur à déplacer les meubles et les poupées dans les pièces de la petite maison.

À une époque, cette maison et ces poupées avaient occupé une grande place dans sa vie. Mais cela semblait si loin, maintenant ! C'était bien avant les Gardiennes, avant Caleb et même avant sa rencontre avec Will et Taranee.

Quand elle était petite, Cornelia rêvait de grandir pour pouvoir vivre des tas d'aventures, avoir un petit ami, ne plus rendre de comptes à ses parents, prendre elle-même ses décisions... bref, prendre le contrôle de son existence.

Pourtant, maintenant qu'elle avait mûri, elle avait parfois l'impression de moins bien contrôler sa vie. Quant aux grandes décisions, elle était *forcée* de les prendre... et pas de gaieté de cœur.

En fait, en grandissant, tout se compliquait. La vraie vie ne ressemblait pas du tout à une maison de poupée, où on pouvait tout déplacer selon son bon vouloir...

Cornelia pensa à Caleb et à tous les problèmes qu'elle avait rencontrés, à ses responsabilités de Gardienne, et à ses cauchemars dont elle se serait bien passée !

Plongée dans ses pensées, elle sentit ses paupières s'alourdir. Will, allongée par terre, s'était endormie en admirant la pièce qu'elle venait de décorer dans la maison de poupée. Hay Lin, Irma et Taranee s'étaient assoupies sur le lit, laissant leur partie d'échecs inachevée.

Maintenant, Cornelia avait sommeil à son tour. Elle s'étendit sur le sol, le bras replié sous la tête, et ferma les yeux.

En quelques minutes, elle rejoignit ses amies dans le monde des rêves.

14

Le décor que découvrit Will en ouvrant les yeux lui parut à la fois différent et étrangement familier. Elle était toujours par terre, mais pas sur le parquet en bois de la chambre de Cornelia, où elle s'était endormie. Dans son rêve, le sol était recouvert d'un tapis clair, doux et épais comme celui de la maison de poupée.

Étonnée, elle s'assit et agita ses ailes. Ses membres s'étaient allongés et elle les sentait remplis d'une force nouvelle. Son pyjama vert avait fait place à sa belle tenue de Gardienne – mini-jupe turquoise, haut violet court à longues manches amples et collant rayé bleu et vert.

Pourtant, elle ne se rappelait pas avoir fait appel au Cœur de Kandrakar ni s'être transformée. Le Cœur avait-il lu ses intentions quand elle s'était endormie ?

Elle se mit debout et constata qu'elle n'était pas seule dans la petite maison. Cornelia était là aussi, de l'autre côté de la pièce, et ses ailes délicates frémissaient nerveusement.

Will regarda autour d'elle et ne vit aucune autre Gardienne. Seulement une poupée de plastique assise sur le canapé, là où elle l'avait placée avant de s'endormir. Tous les meubles avec lesquels elle avait joué étaient là aussi : le fauteuil et l'ottomane dorés, la table basse, le plateau en argent avec son minuscule service à thé – tasses, soucoupes et cuillères. Bien sûr, plus rien ne semblait minuscule, à présent.

— Je crois que l'idée de dormir ensemble a bien marché, déclara Will.

— J'en ai l'impression, dit Cornelia. Si je ne me trompe pas, nous sommes à l'intérieur de ma maison de poupée !

— Oui, mais cela n'a rien de rassurant.

« Nous voici réduites à la taille de figurines, se disait Will, et peut-être piégées comme des rats dans un cauchemar de Nerissa ! »

Cornelia, elle aussi, regardait partout autour d'elle, guettant le danger.

— Une chance qu'on soit déjà transformées ! fit-elle remarquer.

C'est justement cela qui inquiétait Will. Cette métamorphose signifiait sans doute que le moment était venu d'agir. Tout semblait indiquer que les deux Gardiennes étaient prises au piège. Elles étaient seules avec, pour toute compagnie, cette poupée en plastique assise sur le canapé, bras en l'air et jambes tendues. En fait, on ne voyait pas son visage mais seulement ses longs cheveux noirs car elle avait la tête complètement tournée sur le côté. Will ne savait pas pourquoi, mais cela lui donnait la chair de poule.

« Cette poupée est aussi grande que moi, maintenant », se dit-elle.

Will céda un instant à la panique. Malgré ses formidables pouvoirs, elle se sentait petite, fragile et sans défense. Elle essaya de se convaincre qu'elle était dans un rêve, et que rien de tout cela n'était vrai.

En même temps, elle se rappelait que Nerissa l'avait blessée physiquement dans un songe et qu'elle pouvait très bien recommencer. Elle savait aussi ce que cette horrible femme avait fait à Cassidy et Caleb, et quels dangers elle représentait pour les Gardiennes.

En dépit de sa détermination, son cœur battait à toute vitesse. Elle sentit des picotements dans la nuque et eut le sentiment qu'on l'observait. L'expression tendue de Cornelia prouvait qu'elle aussi avait perçu la menace qui semblait flotter dans l'atmosphère.

— Oui, ça, c'est rassurant, lança une voix féminine sur un ton moqueur et cruel. Beaucoup plus rassurant...

Will et Cornelia firent volte-face et virent la poupée tourner la tête vers elles. Son rideau de cheveux se sépara en deux et, à la place du visage de plastique peint, apparut une physionomie bien connue.

— Nerissa ! s'écrièrent-elles.

— Je suis ravie de vous voir déjà transformées, dit l'ancienne Gardienne du Cœur. Nous allons pouvoir nous amuser ensemble.

Will frémit. Cette poupée de plastique avec ses bras en l'air, ses jambes tendues et le visage de Nerissa, avait l'air d'une marionnette démoniaque.

— Oh, quel manque d'égards de ma part ! ajouta Nerissa d'une voix mielleuse. Vous êtes mes invitées dans ce cauchemar et je ne vous ai encore rien offert. Puis-je vous servir une tasse de thé ?

Les bras de plastique se tendirent brusquement en avant. Une explosion d'énergie magique renversa la table basse et projeta le plateau d'argent avec tout le service à thé vers les Gardiennes.

Cornelia se protégea le visage avec son bras alors que les tasses, les soucoupes et les cuillères se transformaient en projectiles. Will se baissa. Une soucoupe passa à ras de sa tête.

— Non, merci ! répondit Will en renvoyant le tout grâce à ses propres pouvoirs magiques. Pas de thé pour moi.

Les yeux de Nerissa se rétrécirent et son amabilité disparut. Dans les éclairs que lançait son regard, Will découvrit avec terreur l'immensité de sa haine – une haine qui couvait au fond de son âme depuis plusieurs siècles.

— Bien, se réjouit Nerissa. Je vois que pour vous donner du courage, vous vous déplacez à deux.

— Mais nous devrions être plus nombreuses, murmura Will, se souvenant que les cinq Gardiennes s'étaient endormies dans la même pièce. En tout cas plus de deux.

Malgré sa frayeur, elle se préparait au combat lorsqu'une voix cria :

— Apprends donc à compter !

C'était Irma ! Elle apparut, déjà transformée, suivie de Taranee et Hay Lin.

L'inquiétude se fit jour dans le regard de Nerissa.

— Non, c'est impossible ! Vous ne pouvez pas être là toutes les cinq !

— Est-ce trop pour toi, Nerissa ? Eh bien, il faut te faire une raison ! lança Cornelia avec un claquement de doigts.

Entourée de ses amies, Will reprit confiance. Ensemble, elles allaient lui flanquer une raclée, à cette sorcière !

— Cinq pour le prix de deux, Nerissa, plaisanta Will. À prendre ou à laisser !

— Alors, je préfère laisser ! répondit Nerissa, les yeux étincelants de colère.

Elle tendit les bras en avant. La pièce sembla sur le point d'exploser. Un éclair blanc accompagné d'une coup de tonnerre traversa toute la maison.

— Aaah ! Mes yeux ! Je ne vois plus rien ! hurla Hay Lin.

Will ferma les yeux, mais la lumière, d'un éclat surnaturel, était insupportable même à travers ses paupières closes. Elle comprenait, aux cris de ses amies, qu'elles enduraient le même supplice.

— Ça va passer, leur cria-t-elle. Il faut bouger !

Soudain, les Gardiennes entendirent claquer une porte. La lumière disparut aussitôt. Le canapé était vide. Nerissa était partie.

La seule porte de la pièce était fermée, mais agitée de soubresauts – comme un cœur palpitant. Will se dirigea vers cette porte. Une fois devant, elle hésita.

— Cornelia, c'est ta maison, dit-elle. Où mène cette porte ?

— Si nous sommes dans le séjour, ça veut dire que Nerissa est dans...

Avant qu'elle ait achevé sa phrase, la porte s'ouvrit. Les cinq filles restèrent stupéfaites.

— Je ne comprends pas, s'écria Cornelia en jetant un coup d'œil dans la pièce attenante, normalement, là, c'est la cuisine !

Mais au-delà du seuil, elles ne retrouvaient pas la chaleureuse et confortable cuisine de la maison de poupée avec son coin pour le petit déjeuner et ses ustensiles modernes. Les Gardiennes entrèrent prudemment et découvrirent un luxueux échiquier dont les carreaux noirs et blancs s'étendaient à l'infini.

— Pas mal ! plaisanta Irma. Belle et spacieuse, pour une cuisine !

Taranee remonta ses lunettes sur son nez.

— Ce n'en est pas une, dit-elle. Ça ressemble à l'échiquier sur lequel on jouait avant de s'endormir...

Un crépitement de magie l'interrompit. Les carreaux se mirent soudain à briller d'une étrange énergie.

Ce que Will vit ensuite la terrifia et la stimula en même temps. D'un coup, elle retrouva tout son courage.

— Là-bas ! cria-t-elle, pointant son doigt au loin.

Elle venait d'apercevoir Nerissa : leur ennemie était là et les attendait ! Les Gardiennes devaient rester fortes. Elles tenaient le sort de Kandrakar entre leurs mains. La bataille qu'elles allaient livrer était la plus importante... et elles étaient prêtes. Prêtes à se battre !

JE... JE NE VOIS PLUS RIEN !
ÇA VA PASSER ! IL FAUT BOUGER !
SBAM
CORNÉLIA, TOI QUI CONNAIS CETTE MAISON, OÙ MÈNE CETTE PORTE ?
EUH... SI CELLE-CI MÈNE AU SALON, ALORS NÉRISSA EST DANS LA...
... CUISINE ?
LÀ-BAS !
PAS MAL ! BELLE, SPACIEUSE, MAIS UN PEU VIDE, NON ?
ON DIRAIT L'ÉCHIQUIER SUR LEQUEL ON JOUAIT AVANT DE S'ENDORMIR !

ELLE A REPRIS SON VÉRITABLE ASPECT ! ATTENTION ! ELLE EST TRÈS RAPIDE !
JE NE COMPRENDS PAS ! POURQUOI S'ENFUIT-ELLE ?
ELLE N'EST PAS CAPABLE DE NOUS AFFRONTER TOUTES ENSEMBLE EN RÊVE !
?
AU SECOURS !
TUMP
OUVREZ, JE VOUS EN PRIE !
TUMP TUMP
WILL ! TU ENTENDS CES CRIS, DERRIÈRE CETTE PORTE ?
QUE SE PASSE-T-IL, CORNÉLIA ?
LA PAUVRE PETITE CHOSE N'A PAS SES AMIS POUR L'AIDER !
C'EST LA VOIX DE CALEB ! JE LA RECONNAÎTRAIS ENTRE TOUTES !
NON ! NE L'OUVRE PAS !
AAAH !

VITE ! VENEZ TOUTES M'AIDER !
ON ARRIVE ! TIENS BON, WILL !
SHAAAIZZZ
SHAAAIZZZ
AH!
SBAM
MERCI ! JE NE SAIS PAS CE QUI M'A PRIS !
TU REVIENS DE LOIN ! LES PORTES DISPARAISSENT !
J'AI COMPRIS ! NÉRISSA ESSAIE DE NOUS RALENTIR PAR TOUS LES MOYENS !

J'IGNORE OÙ MÈNE CETTE PORTE, MAIS NÉRISSA NE LA FRANCHIRA PAS !
LE CŒUR DE KANDRAKAR S'ILLUMINE ET S'ÉLOIGNE DE LA MAIN DE WILL.
IL SE PLACE AU CENTRE DU CERCLE FORMÉ PAR LES JEUNES FILLES...
... JUSQU'À CE QUE...
OUI ! J'AI RÉUSSI !
MAIS...
TUMP
NON ! CE N'EST PAS VRAI !
TUMP

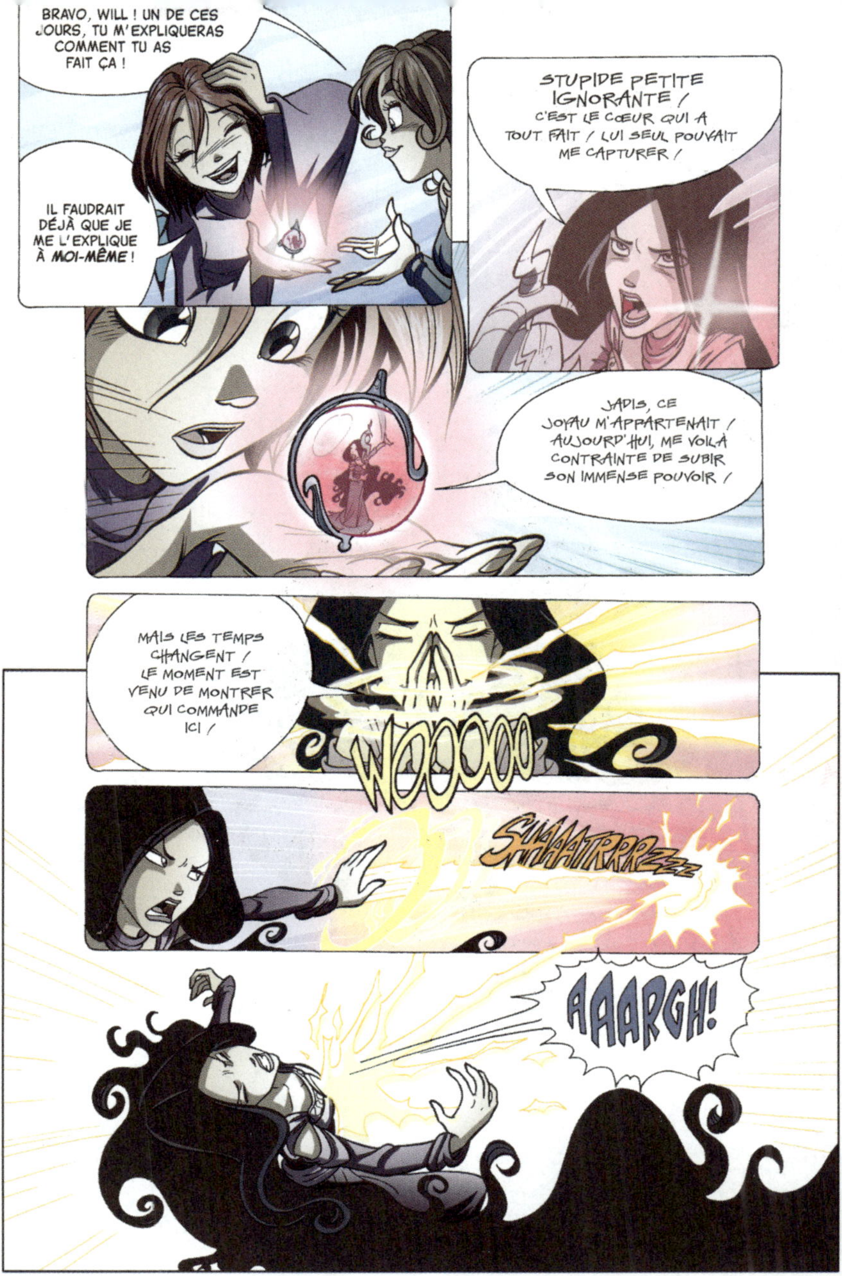
BRAVO, WILL ! UN DE CES JOURS, TU M'EXPLIQUERAS COMMENT TU AS FAIT ÇA !
IL FAUDRAIT DÉJÀ QUE JE ME L'EXPLIQUE À *MOI-MÊME* !
STUPIDE PETITE IGNORANTE ! C'EST LE CŒUR QUI A TOUT FAIT ! LUI SEUL POUVAIT ME CAPTURER !
JADIS, CE JOYAU M'APPARTENAIT ! AUJOURD'HUI, ME VOILÀ CONTRAINTE DE SUBIR SON IMMENSE POUVOIR !
MAIS LES TEMPS CHANGENT ! LE MOMENT EST VENU DE MONTRER QUI COMMANDE ICI !
WOOOOO
SHAAATRRRZZZZ
AAARGH!

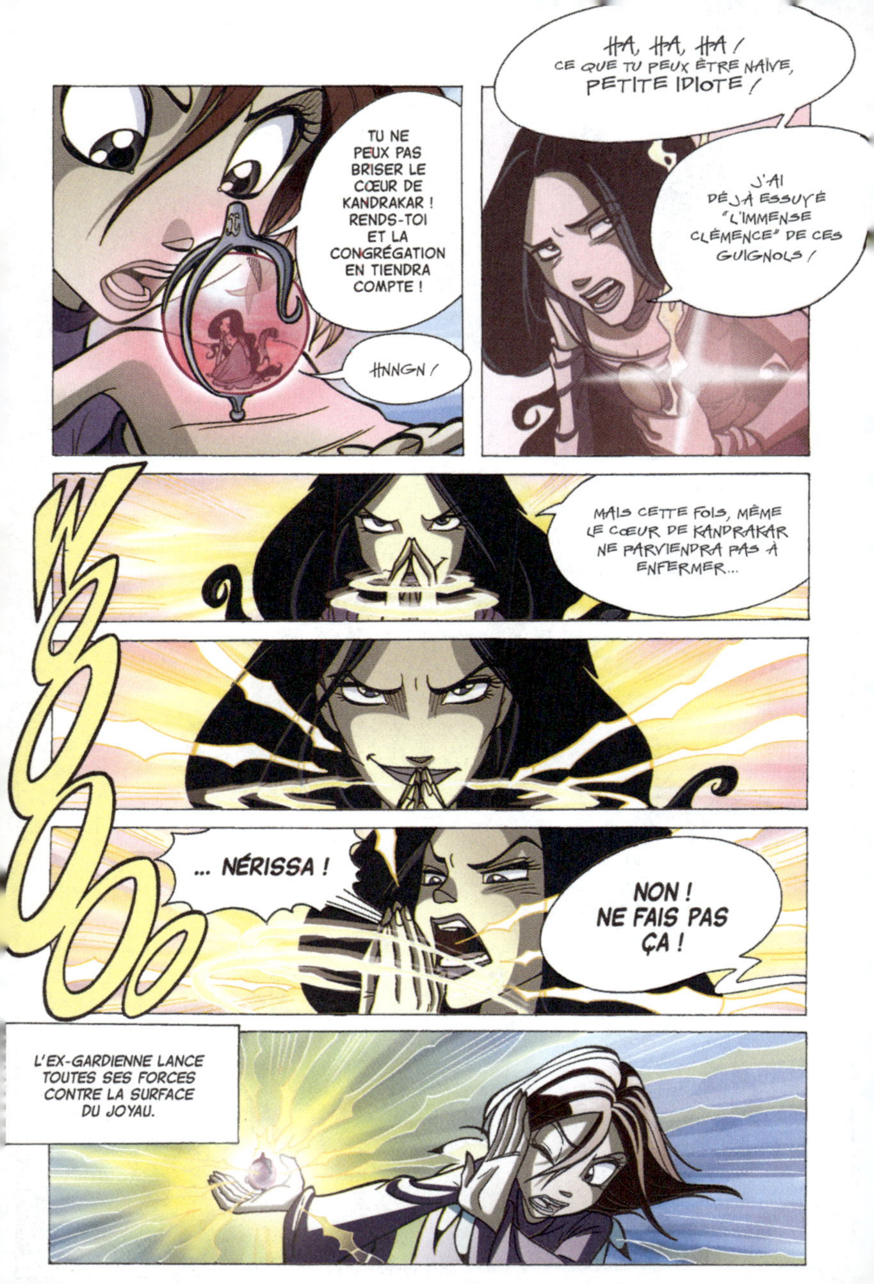
TU NE PEUX PAS BRISER LE CŒUR DE KANDRAKAR ! RENDS-TOI ET LA CONGRÉGATION EN TIENDRA COMPTE !
HNNGN !
HA, HA, HA ! CE QUE TU PEUX ÊTRE NAÏVE, PETITE IDIOTE !
J'AI DÉJÀ ESSUYÉ "L'IMMENSE CLÉMENCE" DE CES GUIGNOLS !
MAIS CETTE FOIS, MÊME LE CŒUR DE KANDRAKAR NE PARVIENDRA PAS À ENFERMER...
... NÉRISSA !
NON ! NE FAIS PAS ÇA !
L'EX-GARDIENNE LANCE TOUTES SES FORCES CONTRE LA SURFACE DU JOYAU.

SON CRI DE RAGE ET DE DOULEUR SE PERD DANS UNE LUMIÈRE AVEUGLANTE...
... PUIS LE NÉANT SURGIT !
BONJOUR, LA DORMEUSE ! TU ES LA DERNIÈRE À TE RÉVEILLER !
NÉRISSA EST...
OUI ! NOUS AVONS TOUTES FAIT LE *MÊME* RÊVE. NOUS AVONS ASSISTÉ À SA *FIN* !

NOUS NE LA REVERRONS PLUS JAMAIS !
ON EN SERA SÛRES QUE SI ON DORT D'UN SOMMEIL PAISIBLE, CETTE NUIT !
VIENS DANS LA CUISINE ! LES AUTRES SONT DÉJÀ EN TRAIN DE FÊTER ÇA, AVEC UN ÉNORME PETIT DÉJEUNER !
TU NE MANGES PAS, HAY LIN ?
NON ! ELLES NE VEULENT PAS M'ÉCOUTER ! CELA S'EST PASSÉ TROP VITE ET TROP FACILEMENT !
HAY LIN ! TU L'AS VUE, TOI AUSSI ! ELLE S'EST ANÉANTIE TOUTE SEULE !
C'EST CE QUE NOUS AVONS VU, MAIS NOUS L'AVONS VU EN *RÊVE* !
À MON RÉVEIL, JE L'AI ENTENDU, WILL !
CROIS-MOI ! J'AI ENTENDU *"L'AIR DE NÉRISSA"* !
FIN DE L'ÉPISODE

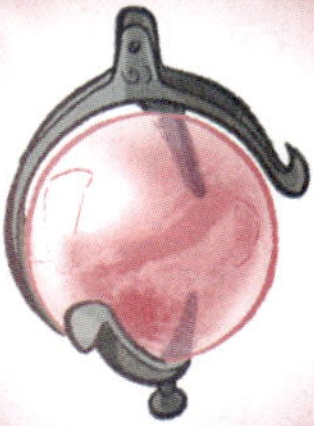

Quelles nouvelles aventures attendent encore les 5 Gardiennes de la Muraille ?
Tu le découvriras dans le prochain épisode de la série :

Terribles soupçons

Depuis le combat contre Nerissa, Will a un comportement étrange : elle est inquiète, irritable... Elle s'éloigne dangereusement de ses amies. Hay Lin, elle, entend toujours l'air de Nerissa. L'ancienne Gardienne serait-elle toujours vivante ?
Les W.I.T.C.H. parviendront-elles à rester unies dans ces nouvelles épreuves ?

Les as-tu tous lus ?

Découvre toutes les histoires des W.I.T.C.H. dans les tomes précédents

Witch 1
Le médaillon magique

Witch 2
La trahison d'Elyon

Witch 3
Le livre ensorcelé

Witch 4
Au secours de Taranee

Witch 5
La dernière larme

Witch 6
Illusions et mensonges

Witch 7
La lumière de Meridian

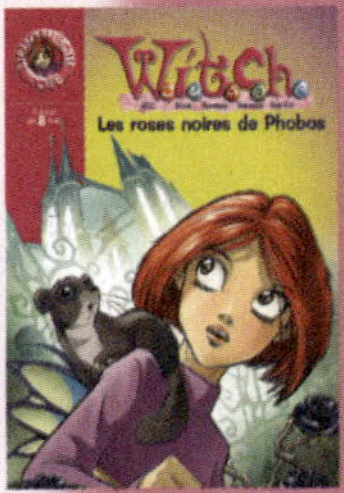

Witch 8
Les roses noires de Phobos

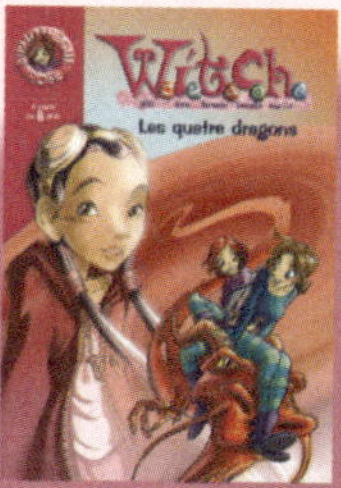

Witch 9
Les quatre
dragons

Witch 10
Un pont entre
deux mondes

Witch 11
La Couronne
de Lumière

Witch 12
Le retour
d'une Reine

Witch 13
Un autre
chemin

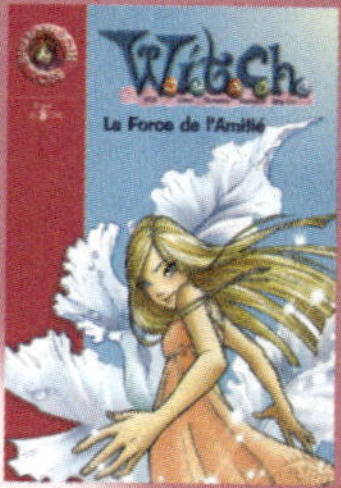

Witch 14
La Force de
l'Amitié

Witch 15
L'Heure du
Jugement

Witch 16
La Vengeance
d'une Gardienne

Witch 17
Sombres rêves

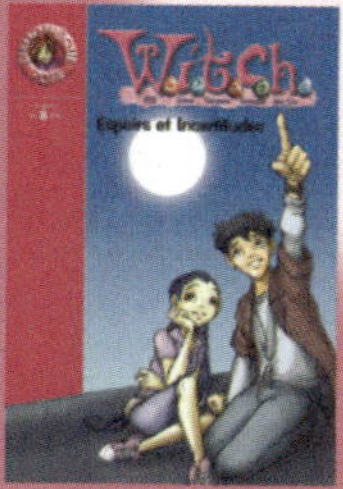

Witch 18
Espoirs et
Incertitudes

Composition ***Jouve*** – 62300 Lens

Imprimé en France par ***Qualibris*** *(JL)*
N° dépôt légal : février 2007
20.20.1363.9/01 – ISBN 978-2-01-201363-6

Loi n° 49-956 du 16 juillet 1949
sur les publications destinées à la jeunesse